LAPONIE
Suède
JÄMTLAND
NORRBOTTEN
ÅNGERMANLAND
Finlande
VÄSTERBOTTEN
EDELPAD
O
N
S
E

Version abrégée d'après Kathrine Aurell, 1962.
Revue par Rebecca Alsberg, 1989.

Avec l'autorisation
des héritiers de Selma Lagerlöf.

Titre de l'ouvrage original :
NILS HOLGERSSONS UNDERBARA RESA GENOM SVERIGE
Éditeur original : Bonniers Juniorförlag AB, Stockholm

ISBN : 2-08-160749-2
Imprimé en Italie par New Interlitho, Milan
Dépôt légal : octobre 1989 - N° d'éditeur : 16325

Selma Lagerlöf

Le merveilleux voyage de NILS HOLGERSSON à travers la Suède

illustrations de Lars Klinting

traduit du suédois par
Agneta Ségol et Pascale Brick-Aida

Père Castor
Flammarion

Il était une fois un jeune garçon qui n'était pas bon à grand-chose. Il ne savait que dormir, manger et faire des bêtises.

Un dimanche matin ses parents s'apprêtaient à se rendre au temple.

« Tant mieux, se dit le garçon, comme ça je serai tranquille pour me servir du fusil de mon père. »

Mais le père avait deviné ses pensées et il lui dit :

— Si tu ne viens pas avec nous, tu liras les textes à la maison.

Sa mère apporta le recueil de sermons et l'ouvrit à la bonne page.

— Quatorze pages et demie, dit-elle, et ton père t'interrogera sur chacune d'elles. Tu ferais mieux de t'y mettre dès maintenant.

Ils partirent enfin. C'était une belle journée claire et tout commençait à bourgeonner, l'eau ruisselait dans les fossés et les pas-d'âne étaient en fleur. Le père et la mère se seraient rendus à l'église satisfaits et joyeux, s'ils n'avaient pas eu à penser à leur fils. Il était lent et paresseux, refusait de travailler à l'école, il était méchant avec les animaux comme avec les êtres humains.

— Pourvu qu'il change un jour, soupirait sa mère désolée. Sinon il apportera le malheur, et sur lui et sur nous.

A la maison, le garçon se décida à attaquer sa lecture. Il lisait à voix basse, mais le son de sa voix lui donna sommeil et il s'assoupit.

Un bruit léger le réveilla. Juste devant lui, une petite glace était adossée à la fenêtre et lui renvoyait l'image du vieux coffre de sa mère ; le garçon s'aperçut qu'il était ouvert. Tout au bord était assis un lutin qui regardait son contenu avec émerveillement.

Le garçon fut surpris, cependant il ne pouvait avoir peur d'une créature aussi petite ! Ce serait même amusant de lui faire une farce. Il attrapa le filet à mouches et en moins de temps qu'il ne faut pour le dire, il avait capturé le lutin. Du fond du filet, le petit bonhomme le supplia de lui rendre la liberté.

— J'ai été bon pour vous pendant de longues années, dit-il. Si tu me relâches, je te donnerai une cuillère en argent et une pièce d'or.

Le garçon accepta, mais juste au moment où le lutin s'apprêtait à sortir, il lui vint à l'idée qu'il aurait pu demander bien plus et il se mit à secouer le filet pour que le lutin y retombe. Il reçut alors une gifle si violente qu'il crut que sa tête allait éclater. Il tomba, sans connaissance.

A son réveil, il était seul. Le coffre était fermé et le filet rangé à sa place. Ce n'était pourtant pas un rêve, car sa joue était en feu.

« Je ferais mieux de continuer ma lecture », se dit-il, et il se dirigea vers la table.

Mais pourquoi devait-il donc faire autant de pas ?

La maison lui paraissait plus grande. Il lui fallut escalader le fauteuil pour s'asseoir dedans, et pour voir le dessus de la table il dut grimper sur l'accoudoir. Pour lire, il devait tout bonnement se mettre debout au milieu du livre !

Il parcourut quelques lignes, puis ses yeux tombèrent sur la glace et il s'écria :

— Tiens, voilà encore un lutin !

Car il y vit distinctement un tout petit bonhomme vêtu d'une culotte et d'un bonnet.

— Il est habillé comme moi, remarqua-t-il en frappant dans ses mains.

Il se rendit compte alors que le bonhomme dans la glace faisait comme lui. Il se pinça le bras et se tira les cheveux : aussitôt l'autre en face en fit autant. Il se précipita derrière la glace pour voir si quelqu'un ne s'y cachait pas, mais il n'y avait personne. Il eut alors très peur, car il comprit que le bonhomme de la glace n'était autre que lui.

« Si j'attends un peu, je redeviendrai un être humain », se dit-il en fermant les yeux.

Mais pas du tout ! Il était toujours aussi petit.

— Il faut que je me réconcilie avec le lutin ! s'exclama-t-il.

Il se mit à le chercher derrière le placard et sous le canapé, mais en vain. Le garçon éclata en sanglots, promettant de ne plus être méchant, de ne plus jamais mentir, de ne plus s'endormir en lisant le sermon, d'être sage et obéissant, si seulement il redevenait un petit garçon.

Rien n'y fit.

Peut-être le lutin était-il dans l'étable ?

Le garçon se faufila par la porte entrouverte et vit sur le seuil deux minuscules sabots. Apparemment, le lutin avait prévu que cette situation pénible allait durer !

Le garçon sortit dans la cour, une volée de moineaux se mit à piailler en le voyant :

— Tittitti ! Regardez Nils le gardien d'oies ! Regardez le petit Poucet ! Nils Holgersson Poucet !

Il y eut un terrible caquètement :

— Cocorico ! chanta le coq, c'est bien fait pour lui, c'est lui qui m'a tiré la crête !

— Cot-cot-cot ! crièrent les poules, c'est bien fait pour lui, c'est bien fait !

Le garçon, étonné, écoutait sans bouger.

— C'est sans doute parce que je suis transformé en lutin que je comprends le langage des oiseaux, murmura-t-il.

Il lança une pierre en direction des poules.

— Taisez-vous, canailles !

Mais les poules ne le craignaient plus et elles ne se turent que lorsque le chat arriva, à pas feutrés.

— Cher Minet, fit le garçon, dis-moi où je pourrais trouver le lutin.

Le chat, l'air bienveillant, répondit d'une voix douceâtre :

— Je sais bien où habite le lutin.

Soudain, un reflet méchant passa dans ses yeux et il ajouta :

— Tu voudrais peut-être que je t'aide pour toutes les fois où tu m'as tiré par la queue ?

Le garçon se mit alors en colère, oubliant sa petite taille.

— Je peux te tirer la queue encore une fois ! fit-il en se précipitant sur le chat.

Le chat bondit sans attendre, renversa le garçon et lui planta ses griffes dans la poitrine. Ses yeux étaient fulgurants et de sa gueule sortait un bruit effrayant. Le garçon, persuadé que c'était sa dernière heure, appela au secours. Mais personne ne vint. Finalement, le chat le lâcha :

— Voilà, dit-il. Maintenant tu sais qui de nous deux est le plus fort.

Et il s'en alla, l'air aussi gentil qu'en arrivant.

Des beuglements et des bruits de sabots parvenaient de l'étable. On aurait dit qu'il y avait au moins trente vaches.

— Meuh, meuh ! Heureusement qu'il y a encore une justice dans ce monde ! mugit Roussette quand le garçon franchit la porte.

Il cherchait toujours le lutin.

— Viens donc par ici que je te fasse danser sur mes cornes, dit Blanchette.

— Viens donc par ici que je te fasse payer la guêpe que tu m'as fourrée dans l'oreille, meugla Marguerite.

— Viens donc par ici que je te fasse payer toutes les fois où tu as retiré le tabouret quand ta mère allait nous traire, tous les croche-pieds que tu lui as faits quand elle portait les seaux de lait, toutes les larmes qu'elle a versées à cause de toi ! beugla Roussette, la plus âgée et la plus furieuse contre lui.

Le garçon voulut dire qu'il regrettait et qu'il ne serait plus jamais méchant, si elles lui disaient où était le lutin. Mais les vaches se contentaient de secouer la tête en le menaçant de leurs cornes.

Autant s'en aller.

Une fois dehors, il se sentit fort découragé. Il avait compris que personne n'avait envie de l'aider. D'ailleurs, retrouver le lutin ne servirait probablement à rien.

Il grimpa en haut du large mur en pierre qui entourait la maison et s'assit pour réfléchir. Comment faire s'il ne redevenait plus jamais un petit garçon ? Que penseraient son père et sa mère en rentrant de l'église ? Ah oui, on s'en poserait des questions dans le village !

Il était très malheureux. Il n'était plus un être humain mais un monstre qui ne pourrait plus jouer avec ses amis, ni reprendre la ferme après ses parents, ni surtout rencontrer une jeune fille à épouser.

Il considéra sa maison. Elle était sans doute petite et pauvre aux yeux des autres, mais pour lui elle était trop bien. Il pourrait peut-être s'installer dans un trou, sous le plancher de l'écurie. Jamais plus il ne serait heureux.

Il faisait merveilleusement beau, jamais il n'avait vu le ciel aussi bleu ! Les oiseaux migrateurs affluaient. Ils avaient survolé la Baltique et se dirigeaient vers le nord. Il y avait sûrement une foule d'espèces différentes, mais lui ne connaissait bien que les oies sauvages qui volaient en deux longues rangées formant un angle pointu. Il les entendit crier là-haut :

— Nous partons pour les montagnes, pour les montagnes !

Soudain les oies sauvages remarquèrent les oies de la basse-cour et elles se rapprochèrent du sol en criant :

— Venez avec nous ! Venez ! Vers les montagnes, vers les montagnes !

Mais les oies domestiques étaient raisonnables :

— Nous sommes bien, ici !

Oui, la journée était vraiment très belle. Traverser ainsi l'air léger devait être un pur délice ! Chaque fois qu'une bande d'oies sauvages passait, les oies domestiques s'agitaient de plus en plus. Elles battaient des ailes, comme si elles étaient décidées à les suivre.

— C'est de la folie ! dit alors la vieille mère oie. Elles vont souffrir de la faim et du froid !

L'appel des oies sauvages avait cependant éveillé chez un jeune jars une irrésistible envie de voyager. Quand une nouvelle bande s'approcha en criant :

— Venez ! Venez !

Il répondit :

— Attendez, attendez ! J'arrive.

Il déploya ses ailes et s'éleva dans l'air, mais il avait si peu l'habitude de voler qu'il retomba à terre.

Les oies revinrent en arrière, ralentissant pour voir s'il allait faire une nouvelle tentative.

Nils, le gardien d'oies, entendait et voyait tout cela du haut de son mur.

« Ce serait dommage que le jars s'en aille, se dit-il. Mes parents auraient beaucoup de chagrin s'il n'était plus là à leur retour. »

Il oublia de nouveau qu'il était petit et sans force. Il sauta au milieu des oies et entoura de ses bras le cou du jars.

— Toi, tu ne partiras pas ! cria-t-il.

Or au même moment, le jars comprit comment faire pour quitter le sol. Il ne put s'arrêter pour faire descendre le garçon, si bien que Nils fut emporté en l'air avec lui.

Ce fut si rapide qu'il en eut le vertige. Avant de réaliser qu'il aurait dû lâcher prise, ils étaient déjà si haut qu'il se serait tué s'il était tombé. Il n'avait plus qu'à essayer de se hisser sur le dos du jars. Puis il dut se maintenir entre les ailes battantes, ce qui n'était pas chose facile. Il plongea ses deux mains profondément dans les plumes et le duvet pour ne pas glisser.

Nils avait la tête qui tournait et il eut les idées embrouillées pendant un bon bout de temps. L'air sifflait et le fouettait. Le vent grondait dans les plumes comme une véritable tempête. Treize oies volaient autour de lui, cacardant et battant des ailes. Finalement, il se ressaisit et comprit qu'il devait tenter de savoir où les oies le conduisaient. Mais il n'avait pas le courage de regarder vers le bas. Cela lui donnait le vertige.

Les oies sauvages ne volaient cependant pas très haut, car sinon leur nouveau compagnon de route aurait eu du mal à respirer. A cause de lui, elles volaient aussi moins vite que d'habitude.

Enfin le garçon s'obligea à jeter un coup d'œil vers la terre. Il vit alors comme une immense nappe étendue sous lui, divisée en d'innombrables carreaux, grands et petits. Tout n'était qu'angles et bords droits, rien n'était rond ni courbe.

— Qu'est-ce donc que ce grand tissu à carreaux ? dit-il, sans s'attendre à une réponse.

Mais les oies sauvages crièrent aussitôt :

— Des champs et des prés ! Des champs et des prés !

Ils traversaient la plaine de Scanie. Les carreaux vert tendre étaient les champs de seigle ensemencés l'automne précédent et devenus verts sous la neige. Les gris jaunâtre étaient des chaumes, les bruns, des champs de trèfle et les noirs, des champs de betteraves ou bien des terres en friche. Il y avait aussi quelques carreaux foncés avec du gris au centre ; c'étaient des fermes et les carreaux verdoyants, des jardins.

Le garçon ne put s'empêcher de rire en voyant tous ces carreaux, mais les oies sauvages crièrent sur un ton de reproche :

— Pays bon et fertile ! Pays bon et fertile !

Nils avait déjà repris son sérieux.

« Comment peux-tu rire, pensa-t-il, toi qui te trouves dans la pire des situations que l'on puisse imaginer ! »

Bientôt il eut cependant une nouvelle occasion de s'amuser. Il avait toujours aimé chevaucher à bride abattue, mais jamais il n'était allé aussi vite. Et jamais il n'aurait pensé que l'on pût se sentir aussi bien et aussi libre qu'il l'était dans cet air frais et léger. Du sol montait une délicieuse odeur de terre et de résine. Il lui semblait qu'en voyageant si haut, il s'envolait loin des soucis et des ennuis de toutes sortes.

Le grand jars était fier et heureux de parcourir ainsi la plaine de Scanie en compagnie des oies sauvages. Mais dans la journée, il commença à ressentir une certaine fatigue et se fit distancer de plusieurs longueurs.

Les oies en bout de file crièrent à celle qui conduisait la bande :
— Akka, Akka de Kebnekaïse ! Le blanc a pris du retard !
— Dites-lui qu'il est plus facile de voler vite que lentement ! répondit celle qui était en tête, sans rien changer à son allure.

Le jars fit bien des efforts mais, de plus en plus épuisé, il se mit à perdre de l'altitude.
— Akka, Akka de Kebnekaïse. Le blanc tombe !
— Celui qui n'a pas la force de suivre n'a qu'à retourner chez lui ! cria Akka toujours sans ralentir.

Ah ! c'est comme ça, se dit le jars, c'était donc pour rire qu'elles l'avaient fait venir, elles n'avaient jamais pensé l'emmener en Laponie. Il ne pourrait pas montrer à ces vagabondes qu'une oie domestique les valait bien. Cela l'agaçait d'autant plus qu'il était tombé sur Akka de Kebnekaïse. Il avait beau n'être qu'un oiseau de basse-cour, il connaissait la réputation de cette oie chef de bande qui avait plus de cent ans. Elle était très considérée, mais personne n'avait plus de mépris pour les oies domestiques qu'elle. Il aurait bien voulu leur prouver qu'il était leur égal.

Le petit bonhomme sur son dos déclara soudain :
— Mon cher jars Martin, toi qui n'as jamais volé, tu comprends bien qu'il te sera impossible d'atteindre la Laponie ! Retourne à la maison avant qu'il ne soit trop tard !

Ce minable le croyait donc incapable de faire le voyage ! Le jars avait ce vaurien en horreur et il fut pris d'une telle colère qu'il décida d'aller jusqu'au bout.
— Un mot de plus et je te fais descendre ! siffla-t-il.

Et il se mit à voler presque aussi vite que les autres.

Mais le jour déclinait rapidement et les oies piquèrent droit vers le sol. Avant même d'avoir eu le temps d'y penser, le garçon et le jars se trouvèrent sur les bords du Vombsjö. Ce grand lac était presque entièrement recouvert d'une couche de glace pleine de crevasses et de trous, qu'entourait une langue d'eau noire et lisse. A l'endroit où les oies avaient atterri, il y avait une forêt de pins ; sous les branches enchevêtrées, la neige avait gelé.

Le garçon fut saisi d'une telle angoisse qu'il en aurait hurlé. Il avait faim, il n'avait rien mangé de la journée. Où se procurer de quoi se nourrir ? Qui l'hébergerait, le réchaufferait et le protégerait des animaux sauvages ?

Il entendait remuer et murmurer dans la forêt. L'épouvante se glissait sur les pas du crépuscule. C'en était fait du joyeux courage qu'il avait montré là-haut.

Très inquiet, Nils chercha du regard son compagnon de route. A présent, il n'avait plus que lui.

Mais le jars gisait immobile, le cou inerte et les yeux fermés. Il semblait mourant. Le garçon, auparavant si méchant envers les animaux, eut terriblement peur de le perdre. Il se mit à le pousser vers l'eau, rassemblant toutes ses forces car l'oiseau était grand et lourd, et finit par le faire glisser dans le lac, la tête la première.

Bientôt le bec réapparut à la surface, le jars s'ébroua et nagea vers les roseaux. Il revenait vers le rivage, tenant une petite perche dans son bec.

— Voici pour te remercier de m'avoir aidé.

Il y avait bien longtemps que Nils n'avait entendu un mot gentil et cela lui fit autant plaisir que le cadeau. Manger un poisson cru lui parut d'abord impossible, puis il eut envie d'essayer. Son couteau n'était pas plus long qu'une allumette, mais c'était suffisant pour écailler le poisson. Bientôt la perche fut avalée.

— Ce serait un grand honneur pour moi d'aller en Laponie et de prouver qu'une oie domestique en est capable, dit le jars quand le garçon eut avalé le dernier morceau. Mais je ne peux me débrouiller seul pendant un tel voyage. Ne pourrais-tu m'accompagner et m'aider ? Je te ramènerai chez toi en automne.

Le garçon avait cru qu'ils rentreraient à la maison dès que possible. Mais en fait, il fut soulagé de ne pas avoir à se montrer à ses parents avant quelque temps encore. Il était sur le point d'accepter quand toutes les oies sauvages, le chef en tête, sortirent du lac. Elles s'étaient formées en une seule ligne et le frottement de leurs ailes faisait un bruit terrible. Elles étaient beaucoup plus petites que les oies domestiques et leur plumage était gris, strié de brun. Leurs yeux jaunes avaient l'éclat du feu et on voyait que leurs larges pieds n'avaient pas à s'inquiéter de savoir sur quoi ils marchaient.

Elles inclinèrent le cou pour le saluer, le jars en fit autant et ils restèrent ainsi pendant un bon moment. Finalement le chef demanda :

— Dis-nous un peu qui tu es pour rechercher la compagnie des oies sauvages ? Tu ne sais pas voler, peut-être sais-tu nager ou courir ?

— Je m'appelle Martin et j'habite à Västra Vemmenhög. Je ne sais pas courir et je n'ai jamais nagé plus loin que pour traverser une mare. Mais je veux prouver que nous aussi, les oies domestiques, nous sommes bonnes à quelque chose.

Le jars en était sûr maintenant, le chef n'avait pas l'intention de l'emmener. Aussi fut-il surpris lorsque celui-ci s'écria :

— Ta réponse est courageuse et tu seras sans doute un bon compagnon de route. Reste avec nous quelques jours pour nous montrer ce dont tu es capable. Mais qui emmènes-tu avec toi ? Fait-il partie de la famille des lutins ?

Martin ne voulait pas révéler que le petit bonhomme était un être humain.

— Il s'appelle Poucet et il est gardien d'oies. Il pourrait nous être utile au cours du voyage.

L'âge avait rendu la vieille oie toute grise et usée, mais son regard était plus limpide et plus jeune que celui des autres. Elle déclara d'un ton hautain :
— Je suis Akka de Kebnekaïse. Voici Yksi de Vassijaure et Kaksi de Nuolia. Là-bas ce sont Kolme, Neljä, Viisi et Kuusi. Les six oisons sont également des oies de hautes montagnes et de la meilleure famille. Nous refusons de partager notre gîte de nuit avec quelqu'un qui n'ose pas dire de quelle famille il descend.

Le garçon fit rapidement un pas en avant et s'inclina :
— Je suis Nils Holgersson et jusqu'à ce jour, j'ai été un être humain. Mais ce matin...

Immédiatement les oies reculèrent de trois pas et sifflèrent avec fureur :
— Va-t'en d'ici ! Nous ne supportons pas la présence des hommes !
— Il n'est pas possible que vous craigniez un être aussi petit ! s'étonna le jars.

Visiblement le chef avait du mal à maîtriser sa peur.
— J'ai appris à redouter tous les hommes. Mais si tu réponds de lui, jars, il peut rester cette nuit. Nous dormirons là-bas, sur la glace flottante.
— Dormir dans un endroit aussi sûr me paraît sage, dit Martin sans perdre courage. Mais je vous quitterai demain, moi aussi, car j'ai promis de ne pas l'abandonner.
— Fais ce que tu veux, dit Akka, et elle s'envola sur la glace.

Les oies la suivirent et s'installèrent pour la nuit, le bec sous l'aile.

Le garçon était triste et effrayé, mais Martin lui dit :
— Ramasse autant d'herbe et de branches sèches que tu pourras en porter.

Quand le garçon eut ramassé une pleine brassée, le jars le saisit par le col de sa chemise et s'envola sur la glace. Il s'accroupit sur l'herbe sèche afin d'éviter que ses pattes ne gèlent, et enfouit le garçon sous son aile.
— Là, tu seras bien, dit-il.

Le garçon était épuisé, il s'endormit aussitôt, bien au chaud.

Il se réveilla en sursaut lorsque Martin ouvrit brusquement ses ailes. Nils bascula et resta un moment assis sur la glace, encore un peu somnolent. Les oies criaillaient autour de lui en battant des ailes. Il ne comprit pas pourquoi avant de voir un petit chien, bas sur pattes, se sauver, une oie dans la gueule. Le garçon se précipita à sa poursuite. Malgré l'obscurité, il distinguait toutes les crevasses et les trous car il avait maintenant des yeux de lutin qui voient dans les ténèbres.

Le bloc de glace, en se déplaçant vers la rive, avait permis au chien d'y accéder et de surprendre les oies. Nils emprunta le même chemin et pénétra dans une grande forêt de hêtres. Il cria au chien de lâcher sa proie. Mais ce n'était pas un chien, c'est Smirre le renard, un vrai brigand redouté dans tout le pays.

Finalement le garçon réussit à le saisir par la queue, mais Smirre continua à courir, en le traînant derrière lui sur une bonne distance. Réalisant que son poursuivant était inoffensif, le renard s'arrêta pour le taquiner un peu. Mais Nils tira de toutes ses forces, Smirre laissa tomber l'oie, qui put d'un coup d'ailes se sauver.

Furieux, le renard tournait sur lui-même, dans un tourbillon de feuilles sèches, mais le garçon s'accrochait à la queue en riant. Il commença cependant à craindre que le renard ne l'attrape, il lâcha soudain prise et grimpa en haut d'un arbre. Smirre continua à tourner, puis il découvrit le garçon et il se posta au pied de l'arbre pour attendre.

La nuit fut angoissante et froide. Redoutant de dégringoler, Nils n'osait s'endormir. Enfin le jour se leva et on entendit les cris des oies du côté du lac. « Elles doivent penser que le renard m'a mangé, se dit-il, et elles ne vont même pas me chercher. » Il eut envie de pleurer.

Au bout d'un moment, une oie solitaire arriva, volant sous l'épais toit de branches. Smirre chercha à la surprendre et bondit à plusieurs reprises, mais l'oie l'évita. Cela ressemblait à une danse joyeuse. Ils s'éloignèrent de plus en plus, et soudain l'oie disparut. Quand le renard, hors d'haleine, revint à l'arbre, le garçon avait disparu, lui aussi.

Les oies sauvages survolèrent les châteaux et les manoirs de Scanie, les parcs et les vastes prairies où elles pouvaient descendre paître.

Un jour, elles s'arrêtèrent un moment au bord d'un lac et proposèrent une compétition sportive à Martin.

Tout le monde riait et s'amusait, Nils encore plus que les autres.

— Tu es trop audacieux, tu cours partout, lui dit Akka. N'oublie pas que tu as beaucoup d'ennemis : le renard et la fouine dans la forêt, la loutre sur la rive, la belette sur les murs de pierre, la vipère dans le pré. Méfie-toi des éperviers et des faucons, des aigles et des buses. Ne fais confiance ni aux pies, ni aux corbeaux, ni aux hiboux.

Le garçon n'avait pas vraiment peur de la mort, mais il n'avait aucune envie d'être mangé.

— Comment faire pour me protéger ? s'informa-t-il.

Cela lui paraissait impossible, tant il y avait d'êtres qui en voulaient à sa vie !

— Essaie de gagner l'amitié des petits animaux de la forêt, lui conseilla Akka. Ils pourront t'avertir des dangers et te trouver des cachettes.

Mais lorsque Nils demanda à Sirle l'écureuil de l'aider, celui-ci répondit sèchement :

— Oh, oh, Nils le gardien d'oies, c'est toi qui as détruit les nids des hirondelles, c'est toi qui as écrasé les œufs des merles et mis les écureuils en cage. Aide-toi toi-même et estime-toi heureux de ne pas être chassé d'ici.

Si les oies sauvages découvraient combien il avait été méchant ! Dans la crainte d'être abandonné par Akka, Nils fit de gros efforts pour se montrer gentil. Le soir il apprit que la femme de Sirle avait été enlevée et que ses quatre nouveau-nés étaient sur le point de mourir de faim. Il décida de leur porter secours et de montrer ce dont il était capable.

C'étaient les enfants d'une ferme voisine qui avaient capturé et mis en cage madame Sirle. Ils avaient pensé que ce serait amusant de l'observer, mais l'écureuil restait blotti tristement dans un coin et refusait de manger.

Dans la nuit, un tout petit bonhomme s'introduisit dans la ferme avec un paquet dans les bras. Il revint quatre fois. Le lendemain matin, les gens de la ferme découvrirent à leur grand étonnement l'écureuil sur son lit de feuillage, entouré de ses quatre petits.

— Nous devrions avoir honte vis-à-vis des animaux et des hommes, dit le fermier.

Il retira les écureuils de la cage et les mit dans le tablier de sa fille aînée :

— Porte-les dans le bois de noisetiers et rends-leur la liberté !

Ce jour-là dans tous les fourrés, on entendit les pinsons chanter l'exploit héroïque de Nils le gardien d'oies. Oui, il y avait un tel gazouillement qu'Akka devait l'entendre !

Une semaine s'était écoulée depuis l'ensorcellement du garçon et il était toujours aussi petit. Il s'inquiétait de ce qu'il allait devenir après le départ des oies sauvages pour le nord. Absorbé par ces réflexions, il vit Akka et les autres oies se diriger vers lui. Leur allure était solennelle, contrairement à l'habitude, et il comprit qu'elles venaient lui faire part de leur décision.

— Tu dois te demander pourquoi je ne t'ai pas remercié d'avoir sauvé l'une des nôtres de Smirre le renard, dit Akka. Mais l'action vaut mieux que les paroles. J'ai envoyé un message au lutin qui t'a ensorcelé pour lui raconter comment tu t'es conduit parmi nous et avec quelle habileté tu as aidé la femme de Sirle. Il m'a chargé de te dire que dès ton retour chez toi, tu pourras redevenir homme.

Tout d'abord, le garçon fut ravi. Mais peu à peu il perdit courage, et, sans prononcer un mot, il se détourna pour pleurer.

— Que peux-tu bien attendre d'autre de moi ? s'enquit Akka.

Nils, qui pensait aux aventures et à la liberté, aux plaisanteries et aux voyages dans le ciel, avait réellement du chagrin.

— Je me moque de redevenir homme ! hurla-t-il. Je veux aller avec vous en Laponie !

— Mais ce lutin est si irritable, répondit Akka, que j'ai bien peur, si tu refuses maintenant, de ne pas arriver à le faire fléchir plus tard.

Chose étrange, Nils Holgersson n'avait jamais vraiment aimé quelqu'un : ni son père, ni sa mère, ni son instituteur, ni ses camarades. Aussi personne ne lui manquait et il ne regrettait personne.

— Je veux vous suivre en Laponie, sanglota-t-il. C'est pour cela que j'ai été gentil toute une semaine.

— D'accord, dit Akka, mais un jour peut-être, tu le regretteras amèrement.

— Non, dit Nils, je n'ai jamais été aussi bien qu'ici avec vous. Je ne regretterai rien.

— A ta guise, dit Akka.

Nils fut si heureux qu'il pleura de joie, comme auparavant il avait pleuré de chagrin.

Un matin de bonne heure, les oies qui dormaient sur la glace du lac Vombsjö furent réveillées par des cris stridents venant du ciel.

— Trirope, trirope ! Trianute la grue fait savoir à Akka que c'est demain la grande danse des grues à Kullaberg. Soyez les bienvenues !

Les oies sauvages furent très contentes.

— Tu as de la chance, dirent-elles au jars blanc, de pouvoir assister à la danse des grues.

— C'est donc si extraordinaire ? demanda Martin.

— C'est quelque chose dont tu n'as même pas pu rêver ! répondirent les oies.

— Mais il faut d'abord songer à manger quelque chose, dit Akka.

Elles s'envolèrent vers les marécages au sud de Glimmingehus. Ce vieux château de pierre dominait la plaine par sa hauteur et son caractère grave, et on pouvait le voir à des dizaines de kilomètres. Tout en haut, sur le faîte, une cigogne avait construit son nid.

Après s'être nourries de l'herbe des champs, les oies s'envolèrent vers l'assemblée des animaux et la grande danse des grues.

Kullaberg est une montagne basse et longue. Elle s'est avancée dans la mer aussi loin qu'elle a pu. L'eau et le vent ont sculpté ses parois abruptes et sur son large sommet alternent bois et champs, landes et rocs nus.

Une fois par an, depuis des temps immémoriaux, les animaux s'assemblent sur la place des jeux bien abritée derrière les rochers et les collines. Chaque espèce occupe sa colline, bien qu'une trêve générale règne évidemment tout au long de l'assemblée. Ce jour-là, un levraut pourrait traverser la colline des renards sans craindre de perdre une seule de ses grandes oreilles.

Nils promena son regard d'une colline à l'autre. Sur un sommet, il reconnut les bois aux nombreux andouillers des cerfs, sur un autre les huppes grises des hérons. Une colline était rouge de renards, une autre noire et blanche d'oiseaux marins, une autre encore brune de lièvres.

Le soleil se leva, un petit nuage apparut juste au-dessus de la place des jeux et soudain le ciel s'emplit de chants et de gazouillis comme s'il n'était composé que de notes de musique. Le petit nuage chantant finit par s'abattre sur une colline qui fut aussitôt recouverte d'alouettes grises, de beaux pinsons roux, gris et blancs, de merles tachetés et de mésanges d'un vert jaune. Il fut suivi par un lourd nuage gris-bleu qu'aucun rayon de soleil n'aurait pu percer. Il était sombre et terrifiant, plein de cris terribles et de tapage, des rires les plus moqueurs et des croassements les plus menaçants. Tout le monde fut content de voir le nuage se désagréger en une pluie de corneilles et de choucas, de corbeaux et de freux.

Les jeux commencèrent. Cent coqs de bruyère au plumage brillant, marron et noir, et aux sourcils écarlates se posèrent en haut d'un grand chêne. Ils déployèrent leurs queues en éventail, dévoilant leurs plumes tectrices blanches et se mirent à émettre un gloussement qui venait du fond de leur gorge. « Tiaek, tiaek », puis « Sis, sis, sis ! Écoutez comme c'est beau ! Sis, sis ! » Et ils furent saisis d'un tel ravissement que les autres animaux furent tout émus.

Les petits tétras-lyres aux plumes rectrices gracieusement recourbées, coururent sur la place pour se mesurer avec les coqs de bruyère et juste à ce moment-là, quelque chose se produisit.

Un renard se glissa tout doucement vers la colline des oies sauvages. Il avançait très prudemment et parvint presque au sommet sans être remarqué.

Une oie l'aperçut et, convaincue qu'un renard ne s'était pas introduit parmi elles dans une bonne intention, elle se mit à crier :
— Méfiez-vous, oies sauvages ! Méfiez-vous !

Le renard l'attrapa par le cou, peut-être seulement pour la faire taire, mais les oies l'avaient déjà entendue et elles s'élevèrent haut dans le ciel. De là, elles virent Smirre le renard sur leur colline, une oie morte dans la gueule.

En agissant ainsi, Smirre avait rompu la trêve du jour des jeux et il fut condamné à une punition si sévère qu'il allait regretter toute sa vie d'avoir agressé Akka et sa bande. Une foule de renards l'encercla rapidement et le jugea selon une coutume ancienne : Qui trouble la paix le jour des jeux doit partir en exil.

Il fut interdit à Smirre de séjourner en Scanie. Il dut quitter sa femme et sa famille, ses territoires de chasse, ses aires de repos et ses cachettes, pour tenter sa chance ailleurs. Afin que tous les renards de Scanie sachent que Smirre était proscrit, le doyen des renards lui mordit la pointe de l'oreille droite. Puis les jeunes renards se jetèrent sur le coupable. Il ne resta à celui-ci qu'à prendre la fuite et il quitta Kullaberg, les jeunes renards à ses trousses.

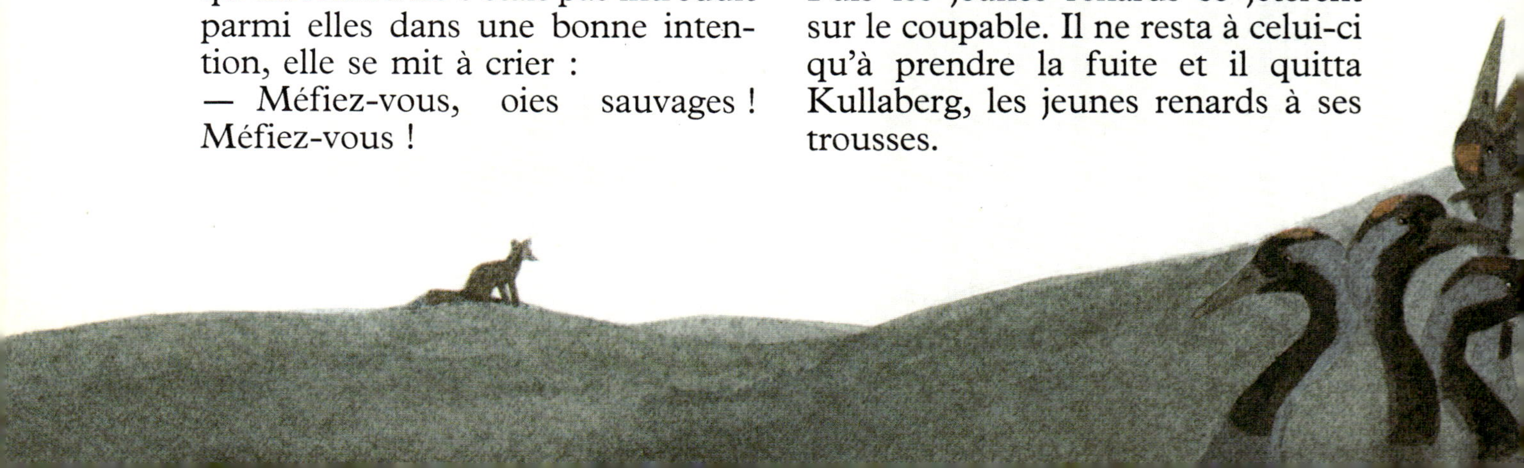

Or au même instant un murmure se propagea d'une colline à l'autre : « Les grues arrivent... »

Et les oiseaux gris aux robes crépusculaires arrivèrent. Leurs ailes se paraient de grandes plumes touffues et un bijou de duvet rouge ornait leur nuque. Les oiseaux aux longues pattes, au cou élancé et à la petite tête descendirent la colline d'un pas glissant, moitié volant, moitié dansant, dans une ivresse mystérieuse. Ils bougeaient avec grâce et avec une rapidité incroyable. On aurait dit un jeu d'ombres grises à peine perceptibles à l'œil. C'était comme si les brouillards qui flottent sur les marais déserts leur avaient appris cette danse. Cela tenait du sortilège, et tous ceux qui venaient à Kullaberg pour la première fois comprirent alors pourquoi on appelait cette assemblée « la danse des grues ». Malgré sa sauvagerie, la danse évoquait un sentiment de douce langueur. Personne ne pensait plus à la lutte. Mais tous voulaient s'élever au-dessus des nuages, abandonner leur corps pesant qui les entraînait vers la terre, s'envoler dans les cieux.

Cette attirance vers l'inaccessible, les animaux ne la ressentent qu'une fois par an : le jour de la grande danse des grues.

La pluie se mit à tomber le jour où les oies sauvages quittèrent le lac Vombsjö. Lorsque les premières averses crépitèrent contre le sol, les petits oiseaux poussèrent des cris d'allégresse, faisant sursauter le garçon assis sur le dos du jars.

— Voilà la pluie, elle nous donnera des fleurs et des feuilles, il y aura des insectes et des chenilles et nous aurons beaucoup à manger !

Les oies sauvages aussi se réjouissaient, car la pluie allait creuser des trous dans la glace des lacs. Elles manifestèrent leur joie. Soudain le ciel devint tout gris, la pluie martela lourdement les ailes et, se glissant entre les plumes extérieures bien huilées, pénétra jusqu'au corps. La terre était cachée par un rideau de pluie et tout se fondait en un chaos informe. Les oies se turent. Le garçon grelottait de froid.

Il ne perdit cependant pas courage. Quand les oies se posèrent dans un marais, il courut joyeusement à la recherche de baies de canneberges et d'airelles gelées. Mais le soir vint et cette nature sauvage lui parut effrayante, il entendit des bruissements et des froissements ; il était trempé, et gelé. Il ne parvint pas à s'endormir sous l'aile du jars, il sentait qu'il lui fallait du feu et de la chaleur pour ne pas mourir de peur.

Lorsque les oies avaient atterri, il avait aperçu un village vers lequel il se dirigea sur la pointe des pieds. La grande rue était soignée et plantée d'arbres, les maisons étaient peintes de couleurs gaies. Il entendait les gens parler et rire, bien au chaud. Mais il n'osait frapper, que diraient-ils en le voyant ?

Il avait envie de pleurer. Pour la première fois, il éprouva une étrange angoisse et regretta de s'être écarté des hommes.

Il passa devant l'épicerie. Il s'assit un instant sur la charrue qui se trouvait près de la porte et rêva qu'il était chez lui avec son père et sa mère. Puis il se promena, vit la pharmacie et la maison du docteur, l'église et la poste, l'école, tous les magasins. Plus il avançait, plus il aimait les hommes et tout ce qu'ils avaient su accomplir. Subitement, il eut très peur de ne jamais redevenir un être humain.

Que pourrait-il faire ? Il s'assit sur un perron pour réfléchir, sous la pluie battante.

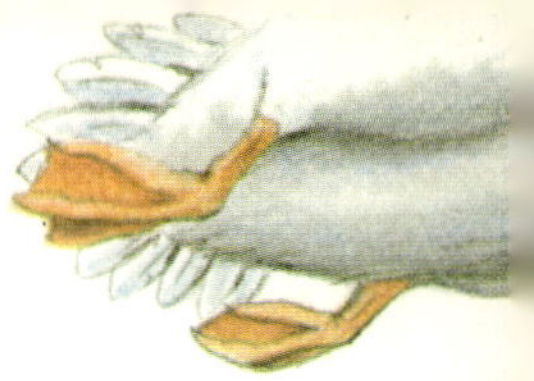

« Ce n'est pas facile pour quelqu'un comme moi qui sais si peu de choses, soupira-t-il. Le prêtre, le docteur et le professeur connaissent peut-être un remède. J'irai leur poser la question. »

Un hibou se percha sur un arbre à côté. Une chouette, sous le faîte d'une maison, cria :

— Kivitt, hibou ! Alors, comment c'était à l'étranger ?

— Très bien, merci ! Quoi de neuf par ici ?

— Figure-toi qu'en Scanie un petit garçon a été transformé en lutin et qu'il est maintenant en route pour la Laponie sur le dos d'une oie domestique !

— Étrange nouvelle, chouette ! Et est-ce qu'il redeviendra homme un jour ?

— C'est un secret, mais je te raconterai. Le lutin a dit que si le garçon veillait sur le jars et le ramenait sain et sauf à la ferme... chut, allons jusqu'au clocher, je crains que quelqu'un ne nous entende ici dans la rue.

Les oiseaux de nuit s'envolèrent et le garçon jeta son bonnet en l'air.

— Hourra ! Je redeviendrai homme ! Je veillerai sur le jars ! Hourra, hourra !

Rassuré et joyeux, il courut vers le marais pour rejoindre ses compagnons de route. Akka avait envoyé Yksi et Kaksi vers le nord en éclaireuses. A leur retour, elles racontèrent que tous les cours d'eau étaient pris par la glace et que toutes les terres étaient couvertes de neige. Akka décida alors de se diriger vers la côte, où le printemps était plus précoce.

Ni les oies sauvages ni Smirre le renard ne pensaient se revoir un jour après avoir quitté la Scanie. Or le hasard voulut que les oies traversent le Blekinge où s'était réfugié Smirre.

Alors que Smirre était parti chasser dans une forêt déserte, il aperçut une bande d'oies. L'une d'entre elles étant blanche, il comprit à qui il avait affaire. Il se précipita immédiatement à leur poursuite, d'une part pour se procurer un bon repas et d'autre part pour se venger de tous ses ennuis. Mais Akka avait découvert un gîte bien protégé sur une étroite bande de terre, où aucun renard ne pourrait les atteindre. Devant elles, la rivière de Ronneby grondait et derrière elles se dressait un rocher abrupt. Des aubépines et des aulnes, des sorbiers et des saules y poussaient, abritant la troupe d'oies de leurs branches.

Malgré cela, Nils n'osait s'endormir. Face à l'obscurité et à la nature sauvage, il fut saisi d'une grande frayeur. Caché sous l'aile du jars, il n'entendrait pas le danger qui pourrait menacer Martin.

Il dégagea sa tête et soudain, dans la clarté de la lune, il vit un œil étinceler entre les branches dénudées. C'était une martre qui s'approchait furtivement des oies. Le garçon lança une pierre. La martre, surprise, tomba dans la rivière. L'eau gicla. Toutes les oies sursautèrent et prirent la fuite avec des claquements d'ailes.

Akka suivit la rivière jusqu'au torrent de Djupafors où elle trouva un nouveau gîte. Dans l'eau tourbillonnante, en bas de la chute, il y avait un grand rocher plat. Aucun renard, aucune martre n'oseraient s'y aventurer. Les oies s'endormirent sur-le-champ, mais Nils resta assis pour veiller sur le jars.

A travers le grondement de l'eau, il entendit un bruit étrange. Il se retourna, vit la tête et la patte d'une loutre qui grimpait sur le rocher. Il saisit rapidement son couteau et le lui planta dans la patte. La loutre lâcha prise et disparut dans le torrent. Les oies durent repartir à la recherche d'un nouveau gîte.

Elles filèrent vers le sud et Akka découvrit, grâce au clair de lune, un établissement thermal fermé. Les oies se posèrent sur un balcon où elles pensaient être en sécurité. Mais le garçon ne dormait pas, il restait à regarder la mer, les îles et les îlots, les golfes et les détroits.

Tout à coup, un hurlement terrible retentit, provenant du parc de l'hôtel, et là, dans la clarté blanche de la lune, Nils vit un renard ! Smirre avait suivi les oies toute la nuit, mais comprenant qu'ici il n'y avait plus moyen de les attraper, il ne pouvait s'empêcher de crier son dépit.

— C'est toi, Smirre ? demanda Nils.

— Oui. Et que pensez-vous de la nuit que je vous ai préparée ?

— C'est donc toi qui nous a envoyé la martre et la loutre ? interrogea Akka.

— Exactement. Et maintenant je vais jouer au jeu des renards avec vous, oies sauvages. Tant qu'une seule d'entre vous sera encore en vie, je vous poursuivrai à travers tout le pays ! Mais si tu consens à me jeter ce poucet, je te promets de ne plus vous ennuyer.

— Jamais je ne te donnerai Poucet, répondit Akka. Nous le défendrons à la vie, à la mort !

— Vous tenez donc tant à lui, enragea Smirre. Alors il sera le premier sur qui je me vengerai.

Il poussa un glapissement furieux et disparut.

Le garçon n'arrivait toujours pas à dormir, mais à présent, c'était la réponse d'Akka qui le tenait éveillé. Jamais il n'aurait cru qu'il entendrait une chose pareille : quelqu'un était prêt à risquer sa vie pour lui !

A partir de ce jour-là, on ne put plus dire que Nils Holgersson n'aimait personne.

La base navale de Karlskrona était déserte et reposait sous le clair de lune, lorsque les oies traversèrent l'archipel. Elles étaient encore à la

recherche d'un gîte hors d'atteinte de Smirre. Le garçon eut l'impression de voir une île magique : des blocs de pierre noirs tachetés d'or se détachaient sur le ciel qui était d'un vert transparent. Au sommet de l'île se dressait un géant les bras tendus vers le ciel, et dans la mer, blanche comme du lait, nageaient des baleines, des requins et d'énormes monstres marins. En se rapprochant, Nils comprit que les blocs de pierre étaient des maisons et le géant une église aux tours carrées. Les animaux marins étaient des navires. Le garçon se promit de les examiner de plus près, dès qu'il ferait jour. Les oies se posèrent sur l'un des clochers et le garçon osa enfin se glisser sous l'aile du jars. Mais il n'avait pas dormi plus de cinq minutes que déjà il se dégageait pour glisser à terre et visiter la ville.

Heureusement, il n'y avait personne sur la grand-place. Seule s'y élevait une statue en bronze représentant un homme au visage sévère, avec un gros nez et une vilaine bouche. Il était coiffé d'un tricorne et avait à la main un bâton. Le garçon se sentit subitement très petit et misérable. Il essaya de se donner du courage en faisant le fanfaron :

— Qu'est-ce qu'il fait ici ce type aux grosses lèvres ? dit-il à voix haute tout en traversant la place.

Au même moment, des pas lourds martelèrent le pavé derrière lui en faisant trembler le sol et les maisons. Le garçon eut très peur. Serait-ce l'homme en bronze qui partirait en promenade ? se demanda-t-il en s'engageant dans une rue transversale. L'homme en bronze le suivit et le garçon ne sut plus où aller. Devant une petite église en bois, il vit un monsieur qui lui faisait des signes. Le garçon, tout content, se précipita, mais à sa grande stupeur il se rendit compte que le monsieur était en bois. Il était fraîchement peint et brillait à la lumière de la lune. Il tenait une pancarte en bois.

Ah bon, ce monsieur n'était donc qu'un tronc pour les pauvres... Mais l'homme en bronze n'était plus très loin !

Le bonhomme en bois se pencha vers le garçon et lui offrit sa grosse main. Autant lui faire confiance : Nils sauta dans la main ouverte et le bonhomme le glissa sous son chapeau. Le bras eut à peine le temps de reprendre sa pose que l'homme en bronze s'arrêtait, criant d'une voix sonore :

— Qui êtes-vous ?

Le bras du bonhomme remonta pour faire le salut militaire. L'effort fit craquer le vieux bois.

— Rosenbom, sauf votre respect, Majesté. D'abord maître d'équipage sur le vaisseau *l'Audace*, ensuite gardien d'église, finalement tronc pour les pauvres, sculpté dans le bois.

Le garçon sursauta en entendant le bonhomme dire « Majesté ». La statue était tout simplement Charles XI, fondateur de la ville.

— Avez-vous vu un petit gosse traîner par ici, cette nuit ? Si jamais je l'attrape, cette fripouille, je lui apprendrai à être insolent ! dit le roi, furieux, en frappant avec son bâton.

— Ça se pourrait bien, répondit l'homme en bois, il a dû se cacher dans le chantier.

— Venez avec moi, Rosenbom. Quatre yeux voient mieux que deux, dit l'homme en bronze.

L'homme en bois comprit que le roi ne supporterait pas un refus.

Grands et imposants, ils parcoururent les rues de Karlskrona, tandis que Nils regardait par une fente qu'il avait découverte dans le chapeau en bois. D'un coup de pied, le roi ouvrit la barrière qui menait au

chantier et au port, très vastes. Dans les bassins étaient amarrés d'énormes navires de guerre. Le garçon ne fut pas étonné de les avoir pris pour des monstres marins.

L'homme en bronze et le bonhomme en bois flânaient à travers le chantier, savourant tout ce qu'ils voyaient comme deux vieux loups de mer. Ils avaient complètement oublié qu'ils étaient venus là pour chercher le garçon. Finalement, ils arrivèrent dans une cour ou étaient rangées les figures de proue d'anciens vaisseaux de ligne. Le garçon n'avait jamais rien vu d'aussi surprenant. C'étaient des visages puissants, effrayants que marquait une superbe hardiesse.

— Levez votre chapeau, Rosenbom ! dit l'homme en bronze. Elles sont toutes allées à la guerre pour la patrie !

Sans réfléchir, Rosenbom leva son chapeau et cria :

— Je lève mon chapeau au roi qui a choisi ce port et redonné vie à la marine !

— Merci, Rosenbom ! Vous êtes un brave homme ! Mais qu'est-ce que c'est que ça ?

Là, debout sur le crâne nu de Rosenbom, se tenait Nils Holgersson. A son tour, il leva son bonnet et cria :

— Hourra pour toi, l'homme à la grosse lèvre !

L'homme en bronze frappa la terre avec son bâton, mais le garçon ne sut jamais ce qu'il voulait faire, car à cet instant le soleil se leva : l'homme en bronze et le bonhomme en bois s'évanouirent et disparurent comme s'ils avaient été faits de fumée. Nils les cherchait encore du regard lorsque les oies sauvages s'envolèrent du clocher de l'église et se mirent à planer au-dessus de la ville. Le jars blanc aperçut Nils et piqua vers le sol pour le ramener.

Les oies sauvages allèrent paître sur un îlot. Elles y rencontrèrent des oies grises qui s'étonnèrent de voir leurs cousines aussi près de la côte. Habituellement, les oies sauvages passent par l'intérieur du pays.

Akka leur parla de Smirre le renard, et une vieille oie grise très sage lui dit :

— C'est un grand malheur pour vous que le renard soit expulsé de son propre pays. Il vous suivra jusqu'en Laponie. Prenez le chemin extérieur, par l'île d'Öland et restez-y quelques jours jusqu'à ce que Smirre perde votre trace.

Akka estima que c'était un bon conseil. Aucune d'elles ne connaissait Öland, mais, selon l'oie grise, il n'y avait qu'à aller vers le sud jusqu'au grand passage des oiseaux migrateurs. Tous les oiseaux qui se rendent en Finlande ou en Russie font escale à Öland. Elles y trouveraient ainsi de nombreux guides pour les aider.

C'était une journée belle et calme comme en plein été, un temps idéal pour un voyage en mer. Au-delà de l'archipel, l'eau s'étendait lisse et brillante tel un miroir.

Le garçon crut que la terre avait disparu. Il n'y avait autour de lui que le ciel et les nuages et il fut pris de vertige. Il se plaqua contre le jars, plus inquiet qu'au premier jour. Il eut l'impression de basculer. Ce fut pis encore quand ils atteignirent la grande voie.

Des milliers d'oiseaux empruntaient un chemin qui semblait tracé d'avance, des canards, des oies grises, des plongeons, des cormorans, des grèbes, des pies de mer et d'innombrables autres. Nils vit la bande d'oiseaux se refléter dans l'eau. Ses idées s'embrouillèrent : on aurait dit qu'ils volaient tous à l'envers. Comme les oiseaux étaient épuisés, ils restaient silencieux, ce qui augmentait cette sensation d'irréel.

« Peut-être irons-nous jusqu'au ciel, se dit-il. Je me demande ce que j'y trouverais. »

Il y eut alors deux coups de fusil, puis deux petites colonnes de fumée, et Nils entendit les cris inquiets de oiseaux :

— Des chasseurs ! Des chasseurs en bateau ! Volez plus haut !

Oh non, ils n'étaient pas au ciel !

Il aperçut une longue file de bateaux remplis de chasseurs. Des coups de fusil retentirent et de petits corps sombres tombèrent dans la mer. Des cris de détresse s'élevèrent parmi les survivants qui essayèrent de monter plus haut et plus vite

dans le ciel. Les oies sauvages eurent la vie sauve, mais le garçon était consterné. Comment pouvait-on tirer sur quelqu'un comme Akka, Yksi et Kaksi ? Les gens ne savaient donc pas ce qu'ils faisaient !

Une brise légère amena de gros nuages de fumée blanche. Ils devinrent de plus en plus intenses et finirent par envelopper les oies, très inquiètes. C'était un brouillard si épais qu'on ne distinguait rien à une longueur d'oie devant soi.

Les oiseaux qui connaissaient bien la route commencèrent à jouer dans le brouillard pour s'égarer les uns les autres. Ils savaient tous où était situé Öland. Pour les oies sauvages, c'était plus difficile. Elles se perdirent plusieurs fois et Akka ne savait plus quelle direction prendre.

— Où allez-vous ? demanda un cygne. Venez, je vais vous montrer le chemin.

Mais après les avoir éloignées des autres, il disparut dans la brume.

— Vous ne voyez pas que vous volez à l'envers ! cria un canard et le garçon, affolé, s'agrippa au cou du jars.

Un bruit sourd gronda dans le lointain. Akka tendit aussitôt le cou, fit claquer ses ailes et s'élança à toute vitesse. La vieille oie lui avait raconté qu'à l'extrême pointe de l'île, les hommes avaient installé un canon pour tirer dans le brouillard. A présent, Akka connaissait la direction et personne au monde ne pourrait plus la tromper.

Dans la partie la plus méridionale d'Öland se trouve un vieux manoir royal appelé Ottenby. C'est une grande propriété qui s'étend d'une côte à l'autre. Un long mur sépare le domaine du reste de l'île. Le manoir a toujours servi de refuge à une multitude d'animaux. Au printemps et à la fin de l'été, les bords marécageux des pâturages sont envahis par des milliers d'oiseaux migrateurs, venus se reposer.

C'est à cet endroit même que se posèrent les oies sauvages, quand elles eurent enfin atteint l'île. Le brouillard était toujours aussi dense, mais le garçon s'étonna du grand nombre d'oiseaux qu'il pouvait discerner sur le tout petit bout de plage dégagé devant lui.

Des canards et des oies grises paissaient dans la prairie, des plongeons pêchaient dans la mer. Mais c'est surtout sur les longs bancs de varech qu'il y avait de l'animation. Les oiseaux s'y tenaient en rangs serrés et picoraient des larves. Nils, tout en se promenant, regardait les cygnes, les alouettes de mer et les canards sauvages. Jamais il ne les avait vus de si près.

Le lendemain, il y avait toujours autant de brouillard. Nils ramassa des moules au bord de l'eau. Il pensait les emporter pour la route. Mais il lui fallait quelque chose pour les mettre. Il trouva de la laîche bien solide et en tressa un sac. Cela lui prit plusieurs heures, cependant il fut très satisfait du résultat.

Vers midi, toutes les oies accoururent en criant :

— Le blanc a disparu dans le brouillard !

Le garçon s'inquiéta :

— Avez-vous remarqué un renard, un homme ou un autre danger ?

Mais elles n'avaient rien vu de particulier. Le jars avait dû s'égarer, tout simplement.

Le garçon partit immédiatement à sa recherche.

— Martin ! Martin ! Où es-tu ? appela-t-il.

Il chercha jusqu'à la tombée de la nuit — en vain. Qu'allait-il devenir sans Martin ? Il ne pouvait plus se passer de lui.

Le cœur gros, il revint par la prairie. Soudain, une forme blanche surgit du brouillard : le jars !
— J'ai erré toute la journée, s'excusa-t-il.
— Ne me quitte plus jamais, promets-le-moi ! dit Nils en lui jetant les bras autour du cou.
— Non, jamais, je te le promets ! répondit Martin.

Mais le lendemain, le jars avait de nouveau disparu. Il s'était probablement perdu dans la brume comme la veille et Nils repartit à sa recherche. D'abord il appela et chercha au bord de l'eau, puis à l'intérieur des terres jusqu'aux moulins à vent dans le centre de l'île. Le soir il dut retourner auprès des oies, fatigué et inquiet, persuadé qu'il ne reverrait jamais son compagnon de voyage.

Le bruit d'un caillou qui roulait lui parvint et il crut voir quelque chose bouger dans un amas de pierres.
Il s'approcha doucement et aperçut le jars blanc qui remontait péniblement le tas, portant quelques racines dans son bec. Nils ne dit rien, il préférait essayer de comprendre pourquoi le jars disparaissait ainsi.

Une jeune oie grise poussa un cri de joie à l'arrivée du jars. Le garçon s'approcha un peu plus. La jeune oie avait une aile blessée qui l'empêchait de voler. Sa bande l'avait abandonnée et elle serait sans doute morte de faim, si le jars n'avait entendu ses cris et ne lui avait apporté à manger.
— Bonne nuit, dit-il. Je reviendrai demain. Je resterai encore un certain temps ici d'ailleurs, bientôt tu iras mieux.

Le jars parti, le garçon se mit à grimper en haut du tas de pierres. Il allait lui dire, à cette oie grise, qu'il n'était pas question que Martin reste. Mais en la voyant, il comprit son ami : elle avait une petite tête adorable, un joli plumage soyeux, et ses yeux étaient doux et suppliants.
— N'aie pas peur ! dit le garçon à la petite oie qui s'apprêtait à se sauver bien que son aile blessée traînât par terre. Je suis Poucet, le compagnon de voyage de Martin.

A ces mots, la jeune oie inclina la tête avec grâce et dit d'une belle voix douce :
— Je suis contente que tu sois là. Le jars blanc m'a dit que personne n'est aussi bon et aussi sage que toi.

Nils fut tout intimidé. « C'est certainement une princesse ensorcelée », pensa-t-il.

Il eut très envie de l'aider et plongea ses mains dans les plumes pour palper l'articulation. Il n'y avait rien de cassé, mais elle semblait déboîtée. Il saisit l'os et tira d'un coup sec. Il se débrouilla très bien pour une première fois. La pauvre petite oie poussa un cri aigu et tomba inanimée parmi les pierres.

Le garçon eut très peur, il avait voulu la secourir et voilà qu'elle était morte. Pour lui, ce fut comme s'il avait tué un être humain.

Le lendemain, il faisait beau. Le brouillard s'était dissipé. Akka décida de poursuivre le voyage. Nils avait mauvaise conscience et il était content de s'en aller. Il n'avait rien dit au jars de son intervention malheureuse sur la petite oie. Mais il comprenait bien que Martin ait du mal à la quitter.

Les oies prirent leur envol et le jars les suivit à contrecœur. Soudain il rebroussa chemin, incapable de résister au souvenir de la petite oie. Tant pis pour le voyage en Laponie ! Il ne pouvait les accompagner, la sachant seule et malade. Elle était peut-être en train de mourir de faim.

D'un coup d'aile, il atteignit le tas de pierres. Plus de petite oie grise !

— Finduvet ! Finduvet ! Où es-tu ? appela Martin, inquiet.

Nils eut peur qu'un renard ne l'ait attrapée. C'est alors qu'une belle voix répondit :

— Je suis là, je suis là ! Je viens de prendre mon bain matinal !

Et la petite oie sortit de l'eau, saine et sauve. Elle raconta que Poucet avait remis son aile en place et qu'elle était prête à suivre les autres.

Les gouttes d'eau formaient de petites perles sur ses ailes brillantes et soyeuses, et Poucet pensa de nouveau que c'était une vraie princesse.

Les oies avaient passé la nuit à la pointe nord d'Öland. Pour rejoindre la terre ferme, elles durent lutter contre un vent fort qui soufflait dans le détroit de Kalmar. Elles abordaient les premiers îlots de la côte quand elles entendirent un bruit violent : l'eau se noircit d'un seul coup. Les oies abaissèrent immédiatement leur vol, mais avant qu'elles aient touché la surface de l'eau, une tempête d'ouest les surprit et les repoussa vers le large. Impossible de revenir en arrière. Vues d'en haut, les vagues n'avaient pas l'air bien dangereuses, mais de plus bas, elles étaient grosses, écumantes et glauques.

Les oies sauvages aimaient ce temps. Elles se laissaient porter sur la crête des vagues pour descendre ensuite dans le creux, s'amusant comme des enfants sur une balançoire. Les pauvres oiseaux de terre, balayés par la tempête, crièrent, jaloux :

— Vous ne craignez rien, vous qui savez nager !

Cependant les oies sauvages n'étaient pas hors de danger. Le bercement de la mer leur donna sommeil et Akka fut à plusieurs reprises obligée de leur rappeler :

— Ne vous endormez pas ! Celle qui s'endort s'éloigne de la bande !

Elles furent pourtant nombreuses à s'endormir. Même Akka s'assoupissait déjà quand soudain, elle vit une masse ronde et sombre au sommet d'une vague.

— Des phoques ! Des phoques ! cria-t-elle d'une voix stridente.

Et elles s'élevèrent toutes avec des claquements d'ailes. Les phoques étaient si près qu'ils faillirent happer les pattes de la dernière oie.

La tempête souffla toute la journée. Les oies étaient épuisées et pour ne rien arranger, la mer s'était couverte de blocs de glace qui se heurtaient les uns aux autres. Elles redoutaient la venue de la nuit, car la terre n'était toujours pas en vue. L'obscurité tombait rapidement, la lune s'était cachée derrière les nuages. Les blocs de glace s'entrechoquaient avec un bruit de tonnerre et les phoques se mirent à entonner leurs féroces chants de chasse. Le ciel et la terre semblaient sur le point de s'écrouler.

Tout à coup, la mer gronda plus fort. Devant lui, à quelques mètres seulement, Nils vit se dresser une paroi rocheuse, nue et rugueuse. Les oies piquaient droit sur le rocher. Il paraissait inévitable qu'elles s'écrasent contre lui !

Il découvrit alors l'ouverture semi-circulaire d'une grotte. Les oies s'y engouffrèrent. Elles étaient enfin sauvées.

La première idée des voyageuses fut de vérifier que tout le monde était bien là. Seule Kaksi manquait, mais elle était vieille et sage et ne serait certainement pas longue à les rejoindre.

Elles se réjouissaient d'avoir trouvé un aussi beau gîte quand soudain, Yksi aperçut des points verts et brillants dans un coin sombre de la grotte.

— Ce sont des yeux ! Il y a des animaux sauvages, ici ! cria Akka effrayée.

Les oies se précipitèrent vers la sortie, mais Nils avait une meilleure vue qu'elles et il les rappela :

— Il ne faut pas avoir peur, ce ne sont que de gentils moutons !

Les oies saluèrent en faisant la révérence mais le chef, un gros bélier, ne dit pas un seul mot de bienvenue et les moutons poussèrent un long soupir.

— Excusez-nous de nous imposer ainsi, fit alors Akka, mais nous avons affronté la tempête toute la journée et ce serait bon de pouvoir enfin s'abriter.

Les moutons se remirent à soupirer et une brebis dit :
— On n'est pas du tout en sécurité, ici. Pour vous, mieux vaudrait voler dans la tempête. Mais nous tenons à vous offrir quelque chose avant votre départ.

Elle leur indiqua une flaque d'eau et un tas de paille et de son. Les oies se jetèrent sur la nourriture, ce fut un vrai festin. Après avoir mangé, elles eurent envie de dormir. Alors le gros bélier se leva et leur expliqua :
— Vous êtes dans la petite île de Karlsö, en face de l'île de Gotland. Il n'y a que les moutons et les oiseaux de mer qui vivent ici. Nous nous débrouillons seuls et nous nous abritons dans les grottes, été comme hiver. Le pâturage est excellent sur la montagne. Seulement, l'hiver a été si froid que le détroit a gelé et trois renards en ont profité pour venir sur la glace. Ils nous guettent pendant notre sommeil, ils ont tué presque tous les moutons. Dans cette grotte, nous sommes les derniers survivants. Et bientôt nous n'aurons plus la force de veiller, soupira le bélier.

Akka n'avait pas trop envie de repartir dans la tempête avec sa bande. Elle se tourna vers Nils pour lui demander de monter la garde devant la grotte et de prévenir si les renards arrivaient, afin qu'elles puissent s'envoler à temps.

Nils ne fut pas ravi de cette mission, mais rien ne pouvait être pire qu'une nouvelle lutte contre la tempête. Caché derrière une pierre, il vit bientôt trois renards s'approcher à pas feutrés. Réveiller uniquement les oies et laisser les moutons à leur triste sort ne lui plaisait pas beaucoup. Il se glissa dans la grotte, saisit le bélier par les cornes et se hissa sur son dos.
— Allons, debout ! Il faut faire peur aux renards !

Arrivés à l'entrée de la grotte, les renards s'arrêtèrent puis se mirent à avancer doucement.
— Charge, droit devant toi ! chuchota le garçon à l'oreille du bélier.

Le vieux bélier obéit et le premier renard fut projeté dehors, la tête la première.
— Maintenant, à gauche ! cria le garçon en tournant la tête du bélier dans la bonne direction.

Le bélier porta un coup terrible et heurta le deuxième renard en plein flanc. Celui-ci fit plusieurs tours sur lui-même avant de se sauver, suivi de près par le troisième.
— Je pense qu'ils ont eu leur compte pour cette nuit, dit le garçon.
— Sans aucun doute, répondit le bélier. A présent, installe-toi dans la laine de mon dos pour dormir.

Le lendemain, le bélier fit visiter l'île à Nils. C'était en fait un grand rocher qui ressemblait à une maison cylindrique au toit plat.
— Si tu te promènes seul, prends bien garde aux crevasses, car si jamais tu y tombais, tu te tuerais, prévint le bélier.

Les parois étaient couvertes de nids d'oiseaux, mais aujourd'hui les eiders, les cormorans et les guillemots pêchaient le hareng dans la mer ensoleillée.

Partout sur les plages traînaient les restes des moutons que les renards avaient attrapés : c'était l'œuvre de vrais malfaiteurs qui avaient tué beaucoup plus d'animaux qu'il ne leur en fallait pour vivre. Nils était effrayé et attristé, il aurait voulu venir en aide aux moutons, mais il ne savait comment.

Plus tard dans la journée, le jars fit monter Nils sur son dos et se dirigea vers le haut plateau. Il boitait, traînant une aile par terre ; il avait pourtant l'air insouciant, comme s'il n'y avait pas eu de danger. Le garçon s'était allongé, les yeux fixés sur le ciel. Ni l'un ni l'autre n'avaient remarqué que les trois renards avaient escaladé le rocher. S'apercevant que Martin ne pouvait plus voler, les renards voulurent se jeter sur lui. Le malheureux courut aussi vite qu'il put, tandis que Nils les narguait :

— Vous vous êtes trop gavés de viande de mouton. Vous n'êtes même pas capables de rattraper une oie !

Les renards devinrent fous de rage et prirent leur élan pour un dernier bond. Le jars se précipita vers une grande crevasse qu'il réussit à franchir en donnant un coup d'aile.

— Tu peux t'arrêter, Martin ! cria Nils au jars qui continuait de courir de l'autre côté.

Ils entendirent derrière eux des cris féroces suivis d'un bruit de chutes lourdes. Ils ne revirent plus jamais les renards.

Les oies sauvages dormirent cette nuit-là à découvert sur le haut plateau, le garçon s'était couché dans l'herbe sèche. La lune était toute ronde et Nils eut du mal à s'endormir. Selon ses calculs, c'était la veille de Pâques, ce soir-là.

« C'est cette nuit que les sorcières reviennent de Blåkulla », pensa-t-il en riant. Il craignait un peu le lutin, mais il ne croyait pas du tout aux sorcières.

Alors qu'il était plongé dans ses pensées, l'ombre noire d'un grand oiseau se découpa sur la pleine lune. Bientôt, une magnifique cigogne se posa à côté de lui et lui proposa de faire un tour dans la belle nuit claire. Ils s'étaient déjà rencontrés un jour à Glimmingehus et Nils fut ravi de la revoir. Ils s'envolèrent en direction de la lune, mais au bout d'un moment, la cigogne choisit d'atterrir sur une plage déserte de sable fin. Elle plia sous elle une de ses pattes et dit :

— Je me repose un peu. Tu n'as qu'à te promener, mais ne va pas trop loin !

Nils décida de monter sur une dune pour voir le pays. Son sabot heurta un objet dur et il vit dans le sable une pièce de monnaie en cuivre, toute verte d'oxydation. Comme elle était très usée, il ne se donna pas la peine de la ramasser. Quand il se redressa, il fut stupéfait : à deux pas de lui s'élevait un mur sombre avec un grand portail flanqué de deux tours. La mer étincelante était donc cachée par ce mur ! Nils avait bien compris que c'était de la sorcellerie. Mais il eut une terrible envie de savoir ce qui se passait derrière le portail et il n'hésita pas à le franchir.

Il s'ouvrait sur une grande place pavée, entourée de hautes maisons et fourmillant de monde. Les hommes portaient des manteaux bordés de fourrure sur des vêtements de soie ; ils étaient coiffés de barrettes ornées de plumes. Les femmes avaient de grandes coiffes pointues et de longues robes. Les pignons des maisons étaient richement décorés d'images en verre multicolore, et de marbre noir et blanc. Il y avait des armuriers et des cordonniers, des femmes qui filaient de la laine et des tireurs d'or. Le garçon courait partout pour voir le plus de choses possible. Sur la crête du mur, des soldats en harnais, coiffés de casques brillants, montaient la garde. La cathédrale avait trois tours énormes et un intérieur somptueux, étincelant d'or grâce aux cierges allumés. Dans une rue à côté, Nils découvrit les marchands dans leurs boutiques : ils vendaient de la soie, des tissus dorés et des dentelles fines comme des toiles d'araignée.

L'un des marchands aperçut Nils et avec enthousiasme, il se mit à déplier une pièce de damas magnifique comme pour l'attirer. Nils secoua la tête, mais le marchand insista et leva un doigt :

— Vous voulez dire que tout cela ne coûte qu'une seule pièce ? demanda le garçon, car à présent, le marchand lui montrait une petite pièce oxydée.

Alors tous les marchands l'entourèrent en cherchant à lui faire comprendre, les yeux remplis de larmes, qu'une seule pièce était suffisante. Nils se souvint de la pièce dans le sable et partit la chercher.

Il trouva la pièce. Mais lorsqu'il voulut retourner dans la ville, celle-ci avait disparu ! Il n'y avait plus que la mer devant lui.

Il sentit la cigogne le pousser du bec.

— Je crois que tu dors, comme moi.

— Quelle est cette ville que je viens de voir ? demanda Nils.

— Tu as dû rêver, répondit la cigogne, mais je ne te cacherai pas que l'on dit qu'une ville magnifique, appelée Vineta, s'étendait ici il y a très longtemps. Pour punir ses habitants de leur orgueil, la mer l'a engloutie. Une fois tous les cent ans, elle réapparaît dans toute sa splendeur, mais seulement pour une heure. Si un marchand avait réussi à te vendre quelque chose, Poucet, la ville serait restée sur terre et ses habitants auraient pu vivre et mourir comme nous.

— C'est bien cette ville que j'ai vue, dit Nils. Vous m'avez emmené ici pour que je la sauve. Et je ne l'ai pas fait...

Il mit ses mains devant ses yeux et éclata en sanglots.

Il devint méconnaissable et ne dit pas le moindre mot joyeux pendant deux jours. Il se désolait de n'avoir pu sauver cette ville magnifique. Akka et le jars essayèrent de le persuader que ce n'était qu'un rêve ou un mirage mais Nils, accablé de chagrin, refusa de les croire.

Kaksi vint rejoindre la bande. Elle proposa une solution :

— Si Poucet a de la peine à cause d'une vieille ville, nous allons le consoler. Venez avec moi !

Les oies sauvages prirent congé des moutons et partirent pour Gotland. Nils, sur le dos du jars, regardait cette île plate avec ses arbres en bourgeons et ses prés fleuris. Sans qu'il s'en soit rendu compte, les oies s'étaient dirigées vers l'ouest, vers la côte. Tout à coup, il ouvrit les yeux et son étonnement fut indescriptible. La mer bleue s'étendait devant lui et au bord de l'eau se dressait une ville dont les murailles et les tours, les églises et les pignons se dessinaient noirs sur le ciel clair. Elle était aussi magnifique que celle qu'il avait vue la nuit de Pâques. Mais très vite, il comprit tout ce qui les séparait. Il y avait la même différence qu'entre un homme que l'on a rencontré un jour vêtu de soie pourpre et de bijoux, et que l'on reverrait le lendemain pauvre et couvert de haillons. Dans la ville de Visby, restée sur terre, les clochers des églises n'avaient pas de toits, les fenêtres étaient béantes et les sols recouverts d'herbes folles. Il ne restait plus rien de sa splendeur passée.

« La ville engloutie aurait fini sans doute par se dégrader elle aussi, pensa Nils. Il valait certainement mieux qu'elle eût disparu. » Il n'avait plus de regrets. Apparemment, il n'avait pas remarqué que Visby était encore très belle, avec ses ruines recouvertes de lierre et ses jardins parfumés de roses. Et pourtant, bien des gens préfèrent une Visby qui existe à une magnifique Vineta engloutie.

Après avoir traversé la mer, les oies sauvages atteignirent le canton de Tjust, au nord du Småland. C'est une région qui semble n'avoir pu décider si elle voulait être terre ou mer : les fjords découpent la côte en îles et presqu'îles, en pointes et en isthmes. Akka constata que le printemps avait bien progressé pendant leur séjour sur les îles d'Öland et de Gotland. Bien que les grands arbres ne soient pas encore vêtus de feuilles, le sol à leurs pieds était coloré d'hépatiques, de gagées et d'anémones blanches. En voyant ce tapis de fleurs, les oies craignirent de s'être trop attardées dans le Sud, si bien que dès le lendemain, Akka mit le cap droit sur le sommet dégarni du mont Taberg où elles avaient l'habitude de faire escale.

Les premiers à noter la présence des oies, ce matin-là, furent les mineurs de Taberg, occupés à extraire le minerai à fleur de terre. L'un d'eux cessa un instant de creuser et cria joyeusement :

— Où allez-vous ?

Les oies ne comprenaient pas ses paroles, mais Nils répondit de toutes ses forces :

— Là où il n'y a ni pioches ni marteaux !

Le mineur leva un œil surpris, il pensa que c'étaient sans doute ses rêves nostalgiques qui donnaient un sens aux cris des oies.

On voyait très loin du haut de la montagne : à l'est, au sud et à l'ouest, ce n'était qu'un plateau pauvre aux sombres forêts de sapins et aux lacs recouverts de glace. Au nord, par contre, de douces vallées et des rivières serpentaient jusqu'au grand lac Vättern, libre de glaces. Il brillait comme s'il était rempli non pas d'eau, mais de lumière bleue.

En continuant leur voyage, les oies survolèrent les fabriques d'allumettes de Jönköping : des ouvrières remplissaient des boîtes derrière les fenêtres ouvertes.

— Où allez-vous ? cria l'une d'elles en se penchant dehors.

— Là où il n'y a besoin ni de lumière ni d'allumettes ! répondit le garçon joyeusement.

Un peu plus loin, à Huskvarna, les enfants se tenaient en rang dans la cour de l'école et ils crièrent :

— Où allez-vous ?

— Là où il n'y a ni livres ni leçons ! répondit le garçon.

Le voyage se poursuivit par le grand lac des oiseaux — le Tåkern —, par la ville de Vadstena avec le couvent de Sainte-Brigitte, et par la grande plaine d'Östergötland. Le garçon s'amusait à compter les nombreuses églises blanches qui surgissaient d'entre les bosquets d'arbres. Il en compta cinquante avant de perdre le fil. Il lui semblait que les fermes et les châteaux, les villes, les usines et les gares étaient éparpillés sur cette belle plaine tels des bijoux. La ville de Linköping entourait sa cathédrale comme des perles auraient serti une pierre précieuse.

Le long du canal de Göta, on préparait la venue du printemps. Des hommes arrangeaient le talus des rives et goudronnaient les grandes portes des écluses. Partout on nettoyait et astiquait pour accueillir le printemps, même dans les villes. A Norrköping, les maçons et les peintres, debout sur des échafaudages, s'occupaient des façades des maisons et des femmes lavaient les carreaux. Dans les ports, on remettait en état les voiliers et les bateaux à vapeur.

Les oies quittèrent bientôt la plaine pour survoler la grande forêt de Kolmården, sombre, dense et sauvage.

Elles s'arrêtèrent au bord d'un étang et reprirent le lendemain leur route vers le nord, en passant par le Sörmland. Nils contempla le paysage et trouva que cette région ne ressemblait à aucune de celles qu'il avait vues jusque-là.

« On dirait, pensa-t-il, qu'on a pris un grand lac, une grande rivière, une grande forêt et une grande montagne, qu'on les a coupés en petits morceaux puis mélangés et répandus pêle-mêle. » Il ne croyait voir que de petites vallées, de petites collines et de petits bosquets. Mais il voyait aussi pousser partout de grands arbres majestueux et des fleurs délicieuses. L'eau des canaux était limpide et scintillante. Pour Nils, c'était un vrai paradis : « Je n'ai jamais rien vu d'aussi beau ! »

Dans un golfe du lac Mälaren, sur une langue de terre presque entièrement entourée d'eau, un grand et magnifique château rouge dressait ses puissantes tours rondes bien plus haut que les cimes des arbres. Les oies descendirent pour paître et Nils, très curieux, courut vers le château pour l'examiner de plus près.

Il entra par un porche voûté dans une grande cour triangulaire. Il y avait là deux canons, par-dessus lesquels il joua à saute-mouton avant d'atteindre une deuxième cour d'honneur. Derrière une autre porte, il vit toute une succession de vieilles salles spacieuses, aux murs couverts de grands tableaux sombres représentant des seigneurs et des dames vêtus de costumes sévères et étranges. Il découvrit aussi une petite salle de théâtre et juste à côté, une vraie prison : une pièce aux murs de pierre nus, aux petites lucarnes grillagées, et dont le sol était tout usé par le pas des prisonniers.

— As-tu vu le roi Erik, celui qu'on a emprisonné dans le château de Gripsholm ? interrogea Akka au retour de Nils.

Ils avaient parcouru une bonne partie du Sörmland quand le garçon aperçut quelque chose qui bougeait en dessous d'eux. Il crut d'abord que c'était un chien, et il n'y aurait pas prêté attention plus longtemps, si ce chien n'avait suivi le même chemin que les oies. Il courait à découvert sans s'arrêter, à travers les champs, les bosquets et les fossés.

« On dirait Smirre le renard », pensa Nils, et au même instant les oies firent demi-tour à toute vitesse, en décrivant une grande boucle pour partir vers l'ouest.

« C'est sûrement Smirre le renard, puisque Akka a pris un autre chemin. »

A présent, ils étaient au-dessus du Västmanland et Nils se demanda ce que pouvaient bien être ces sillons et ces lignes qui striaient la plaine.

« Ce pays est aussi rayé que le tablier de ma mère », se dit-il. Arrivées sur un des grands champs de la commune de Fellingsbro, les oies s'abattirent pour se reposer et se nourrir. Un peu plus loin, deux hommes labouraient. A l'heure du repas, ils s'interrompirent et s'assirent pour déjeuner. Aussitôt le garçon s'approcha d'eux, espérant qu'il pourrait récupérer quelques miettes.

Les deux hommes discutaient en toute amitié, cherchant à se mettre d'accord sur la partie du Västmanland qui était la plus agréable à vivre. L'un d'eux était né à Fellingsbro et préférait la plaine, l'autre venait de Västerås et considérait que les bords du lac Mälaren aux îlots boisés et aux jolis promontoires était la région la plus belle. Quand la discussion s'anima, il fit un grand geste du bras : un bout de fromage tomba de son pain et Nils, rapide comme l'éclair, le saisit au vol.

La suite du voyage fut difficile. Les oies durent lutter contre un vent violent et elles ne progressèrent que lentement. Nils eut le temps d'observer la région en détail. Tout en bas il n'y avait que des trous profonds, des hauts fourneaux qui lançaient des flammes et des aciéries qui faisaient un bruit terrible. Le sol était noir, des étincelles se mêlaient à la fumée qui sortait des hautes cheminées, et tout n'était que grincements, grondements et sifflements. Le garçon fut étonné de constater que les gens ne prêtaient aucune attention à ce vacarme.

— Quelle est donc cette région où il ne pousse que du fer ! cria-t-il du côté de la terre.

Une chouette avança sa tête ronde et répondit :

— Hou, hou, on l'appelle Bergslagerna. Si l'on n'y avait pas découvert le fer, elle n'aurait pour habitants, aujourd'hui encore, que les chouettes et les ours.

Le vol des oies sauvages se poursuivit vers le sud de la Dalécarlie. Les champs de mine, les aciéries et les forges se succédaient toujours, mais près du fleuve Dalälven, le décor changea. Nils n'avait encore jamais vu de vrai fleuve et cette large masse d'eau qui glissait à travers le paysage l'impressionna beaucoup. Il vit les imposantes chutes de Domnarvet et de Kvarnsveden et les grandes usines qu'elles font fonctionner. Il vit les ponts flottants qui reposent sur le fleuve, les bacs qu'il porte, les troncs d'arbres qu'il transporte, les chemins de fer qui le longent et l'enjambent, et il réalisa combien cette eau était importante et digne d'intérêt.

L'après-midi les oies survolèrent le lac de Siljan, d'une rive à l'autre, à la recherche d'un gîte. Elles montrèrent à Nils les grandes églises et les villages qui bordaient le lac : Leksand, Rättvik et Mora. Ces villages ressemblaient à de vraies villes et le garçon fut surpris de voir de telles agglomérations, aussi loin dans le nord.

La nuit se mit à tomber et les oies s'installèrent pour dormir sur la glace de Siljan. Le vent était froid et le garçon s'abrita sous l'aile du jars. Soudain, il fut réveillé par des coups de fusil et se dégagea rapidement en jetant des regards inquiets autour de lui. De grands feux brûlaient au bord de l'eau et sur les collines, formant une large couronne étincelante. Il entendit tirer coups sur coups et vit des fusées filer droit dans le ciel.

— Ce sont les petits des hommes qui s'amusent pour saluer le printemps, expliqua Akka, et elle se rendormit.

Comme un moustique, Nils fut attiré par la lumière et la chaleur, et il courut vers la terre. Avec beaucoup de prudence, il s'approcha d'un feu situé sur la grève même. Ils étaient nombreux à s'être rassemblés et portaient de magnifiques costumes folkloriques. Nils n'en avait jamais vu de pareils. Il resta longtemps à écouter les rires des enfants, leurs bavardages et leurs chansons dans la nuit.

Le chant et la musique résonnaient encore dans ses oreilles quand il repartit, seul dans l'obscurité, rejoindre ses compagnons de route.

Le lendemain brillait un beau soleil, mais le sol était recouvert de neige. Comme les oies n'avaient rien trouvé à manger, elles durent retourner vers le sud-est. C'était dimanche et les cloches des églises appelaient les fidèles. On les entendait partout et l'air immobile vibrait de notes de musique.

« Une chose est certaine, se dit le garçon, où que j'aille dans ce pays, je rencontre toujours ces cloches qui sonnent. »

L'idée lui parut rassurante. Il ne pourrait jamais se perdre tant qu'elles seraient là pour le guider.

Un temps épouvantable sévissait depuis plusieurs jours : le vent hurlait et la pluie fouettait. Hommes et animaux savaient que ce mauvais temps était indispensable pour que le printemps puisse s'installer, mais ils avaient tout de même du mal à le supporter.

La neige commença à fondre pour de bon, l'eau coulait, ruisselait et giclait partout dans la nature. Les petits ruisseaux de printemps se mirent en mouvement et dans bien des endroits, les inondations menaçaient les maisons des hommes et les refuges des animaux.

Les oies sauvages luttèrent de toutes leurs forces contre le vent d'ouest, mais elles furent déportées et repoussées sur les bords du lac Mälaren. Il leur fallut attendre que le vent se calme et que le soleil réapparaisse.

Nils avait remarqué que l'eau du lac ne cessait de monter. Les saules et les aulnes avaient déjà une bonne partie de leurs troncs immergée et à Strängnäs, la belle promenade était transformée en torrent. A Köping, on circulait en bateau dans les rues, et deux élans, qui avaient passé l'hiver dans une île, durent regagner la terre à la nage.

Dans la baie de Hjälsta, les nids des cygnes, arrachés de leurs attaches, avaient été emportés par les flots. Quelques-uns s'étaient défaits et leurs œufs brillaient à présent au fond de l'eau. Cette baie était, en fait, une réserve protégée depuis des années et c'était un refuge sûr pour les oiseaux. Des centaines de cygnes sauvages habitaient dans sa partie la plus reculée et l'on pouvait y admirer leur allure fière et leur magnifique plumage, blanc et étincelant.

Les oies s'étaient abritées un peu plus loin, dans la baie d'Ekolsund. Mais Nils avait trop faim pour arriver à s'endormir.

« Il faut que je réussisse à m'introduire dans une maison pour trouver quelque chose à manger », se dit-il.

Toutes sortes d'objets flottaient sur l'eau et Nils, grâce à sa petite taille, n'eut aucun mal à repérer une embarcation convenable. Il sauta sur un bout de planche et repêcha un petit bâton à l'aide duquel il regagna la rive. Il venait d'aborder, quand il entendit un clapotement à côté de lui. Il s'immobilisa immédiatement : un cygne femelle dormait dans son nid, à quelques mètres seulement et un individu à quatre pattes avait déjà fait plusieurs pas dans l'eau pour la surprendre.

— Ohé ! Ohé ! cria Nils à tue-tête, en tapant avec son bâton dans l'eau.

Le cygne se leva, et s'il l'avait voulu, le renard aurait eu largement le temps de se jeter sur lui. Or il se précipita sur le garçon.

Nils se mit à courir vers une grande prairie mais il n'y avait pas un seul arbre où grimper, pas un seul trou où se cacher. Il était bon à la course, toutefois il ne pouvait se mesurer à un renard, surtout quand celui-ci était entièrement libre de ses mouvements.

Non loin du lac se dressaient quelques cabanes en bois. Les fenêtres étaient éclairées et Nils se dirigea vers la lumière. Il entendit des aboiements et à côté de la première maison, il aperçut un gros chien de garde devant sa niche.

— Écoute-moi bien, chien de garde. Veux-tu m'aider à attraper un renard cette nuit ? chuchota-t-il.

Le chien avait une mauvaise vue et était devenu hargneux à force de rester attaché.

— Tu te moques de moi ! aboya-t-il. Approche et je t'apprendrai qu'on ne plaisante pas avec moi !

— Je n'ai pas peur de toi, dit le garçon en courant vers le chien, qui en resta bouche bée. Je suis Poucet, celui qui voyage avec les oies sauvages. Tu as peut-être entendu parler de moi ?

— Les moineaux ont dû gazouiller quelque chose à ton sujet, répondit le chien. Il paraît que tu as réalisé des exploits malgré ta petite taille.

— En effet, ça ne s'est pas trop mal passé jusqu'ici. Mais si tu ne m'aides pas, je suis perdu. Un renard me traque. Il me guette, là-bas au coin.

— C'est vrai, je le flaire, mais on va vite s'en débarrasser, dit le chien.

Et il aboya tant qu'il put.

— Il en faut bien plus pour effrayer ce renard-là, déclara le garçon. Je sais comment nous allons nous y prendre.

Le garçon et le chien se glissèrent dans la niche où, à voix basse, ils mirent sur pied leur plan.

Quelques instants plus tard, le renard avança son museau derrière la maison. Il s'assit à une distance raisonnable, apparemment pour réfléchir au moyen de faire sortir Nils. Alors le chien, à son tour, montra la tête et grogna :

— Va-t'en, sinon je t'attrape !

— Je resterai ici tant qu'il me plaira, répondit le renard.

— Va-t'en ! grogna le chien d'un air menaçant, sinon ce sera la dernière fois que tu chasses !

— Je connais la longueur de ta chaîne, ricana le renard sans bouger.

— Alors, tant pis pour toi !

Le chien fit un bond et s'empara du renard sans la moindre difficulté. En effet, le garçon l'avait libéré en défaisant son collier. Le combat fut décisif. Le chien en sortit vainqueur et le renard, étendu par terre, n'osait plus bouger.

— Oui, tiens-toi tranquille ! dit le chien. Sinon, je mords !

Il prit le renard par la peau du cou et le traîna vers sa niche. Le garçon apporta la chaîne et la passa deux fois autour de la tête du captif, avant de la boucler.

— Voilà, Smirre le renard. J'espère que tu feras un bon chien de garde.

Le temps avait brusquement changé. Il faisait très beau : chaud, calme et doux. Nils Holgersson était couché au milieu d'une touffe de soucis d'eau et profitait du soleil, lorsqu'un corbeau se posa parmi les fleurs éclatantes. C'était Bataki ; le garçon avait déjà eu l'occasion de le rencontrer. Il valait sans doute mieux ne pas lui faire entièrement confiance. Il avait l'air sérieux et solennel, mais Nils crut cependant discerner un éclair malicieux dans son regard. Il pensa que le corbeau était venu pour se moquer de lui et il décida de ne pas prêter attention à ce qu'il dirait.

— Tu es drôlement malin d'avoir su attraper Smirre le renard, dit le corbeau, c'est pourquoi j'aimerais te confier un secret. Je sais comment tu peux redevenir un être humain, tu comprends ?

Bataki semblait sûr que Nils se laisserait appâter, mais celui-ci répondit simplement qu'il le savait aussi.

— Si je ramène le jars blanc sain et sauf en Scanie...

— Je te raconterai ça le moment venu. Monte sur mon dos et allons d'abord faire un tour, on verra bien ce qui se produira.

Le garçon hésita. Le corbeau ne lui inspirait pas vraiment confiance.

— Tu n'oses pas ? croassa Bataki.

Voilà des paroles que Nils ne pouvait supporter ; l'instant suivant, il était installé sur le dos du corbeau. Ils partirent à toute allure pour Uppsala où Bataki se percha sur le toit d'une maison.

— Jette un coup d'œil autour de toi et dis-moi qui, à ton avis, règne sur cette ville, dit-il.

— Ce doit être le roi, répondit Nils, qui avait remarqué un superbe château flanqué de deux tours massives.

— Pas mal deviné, approuva le corbeau. Mais ça, c'était autrefois.

La cathédrale avec ses grandes flèches et ses beaux portiques brillait au soleil.

— C'est peut-être l'évêque et ses prêtres, suggéra Nils.

— Pas mal, ça non plus, car il y a ici un archevêque, mais ce n'est pas lui qui règne.

— Alors, je ne sais pas quoi dire.

— Dans cette ville, c'est le Savoir qui règne, l'informa Bataki. Tous ces beaux bâtiments que tu vois ont été construits pour lui et pour son peuple. Viens voir !

Le corbeau lui montra l'université et la bibliothèque, il planait devant les fenêtres des laboratoires de recherche et des instituts de toutes sortes. Partout les gens lisaient et étudiaient.

— Si je n'avais pas été un corbeau mais seulement un être humain comme toi, je me serais établi ici pour apprendre tout ce qui est écrit dans les livres, dit le corbeau. Tu n'en as pas envie, toi aussi ?

— Oh non, répondit Nils, je préfère voyager avec les oies sauvages.

— Tu ne voudrais pas devenir celui qui guérit les maladies, ou qui sait tout sur le soleil et la lune, ou qui parle toutes les langues ?

— Ça pourrait être amusant.

— Ou quelqu'un qui sait distinguer le bien du mal, le vrai du faux. Alors tu pourrais prêcher dans l'église de ton village...

Les yeux du garçon se mirent à briller.

— Mon père et ma mère seraient bien contents si j'en arrivais là.

Bien sûr qu'ils avaient de la chance, ceux qui étudiaient ici, mais ce n'était quand même pas pour lui !

Dans le jardin botanique, des groupes de jeunes s'étaient réunis. Ils portaient des casquettes blanches, ils chantaient le printemps, faisaient des discours et poussaient des hourras. Il régnait une telle ambiance de joie et de bonheur que Nils ressentit soudain la médiocrité de sa propre vie. Ce fut à contrecœur qu'il retourna auprès de ses pauvres compagnons de route.

Le corbeau se remit à croasser :

— Maintenant, Poucet, je vais te révéler ce secret : tu attendras que quelqu'un te dise qu'il aimerait être à ta place et qu'il voudrait voyager avec les oies sauvages. Alors, tu lui répondras...

Bataki lui chuchota quelques mots à l'oreille, si puissants et si inquiétants que pour pouvoir les prononcer à voix haute, il faudrait être totalement sincère.

— Bon, j'imagine que je ne pourrai jamais les utiliser, conclut le garçon. Aide-moi plutôt à trouver quelque chose à manger, j'ai tellement faim !

Le corbeau fit un tour au-dessus de la ville avant de déposer Nils devant une lucarne. Une lampe était allumée, mais l'étudiant qui occupait la chambre s'était endormi. La fenêtre était restée entrouverte et Nils vit une tartine entamée, posée sur une table. Quel festin ! Il savoura bruyamment chaque bouchée.

— Tiens, qui es-tu, toi ? dit une voix.

Nils sursauta. Cependant, l'étudiant qui était assis dans son lit avait l'air gentil.

— Je m'appelle Nils Holgersson et je suis en réalité un être humain, mais on m'a transformé en lutin. Je voyage avec les oies sauvages, répondit-il avec audace.

— C'est incroyable, dit l'étudiant.

Et il se mit à poser des questions sur tout ce qui s'était passé. Finalement, il déclara :

— Heureux celui qui comme toi peut partir et laisser tous ses soucis derrière lui !

Bataki frappa du bec contre le carreau. Le garçon eut le vertige et son cœur se mit à cogner dans sa poitrine, c'était presque les mots exacts...

— Tu n'aimerais tout de même pas être à ma place ? Quand on est étudiant, on ne doit pas avoir envie de faire autre chose.

— Si tu savais ce qui m'est arrivé aujourd'hui..., soupira l'étudiant.

Il raconta que le matin même, il avait reçu la visite d'un camarade timide et pauvre. Cet ami lui avait apporté un gros paquet de feuilles, un manuscrit qui représentait cinq années de travail et sur lequel il voulait que l'étudiant se prononce avec sincérité. Celui-ci s'apprêtait à se rendre à son examen de fin d'année, mais il se mit malgré tout à lire, feuille après feuille. « Quand ce livre sera imprimé, se dit-il, mon ami deviendra célèbre. Je suis content de pouvoir le lui dire. »

Mais subitement il réalisa qu'il allait être en retard. Il poussa brusquement la porte pour s'en aller, un courant d'air ouvrit la fenêtre et toutes les feuilles s'éparpillèrent sur les toits.

L'étudiant chercha désespérément à les rattraper, mais il était obligé de se dépêcher pour ne pas rater son examen. « Il y va de mon avenir », pensa-t-il, et il se mit à courir. Comme il était tourmenté, ses connaissances s'envolèrent elles aussi et il échoua. De retour chez lui, il ne put que constater qu'il ne restait plus une seule feuille sur le toit. Comment expliquer à son camarade que le livre était un chef-d'œuvre mais que le manuscrit était perdu ? Personne ne le croirait...

— Je ne supporte pas l'idée d'avoir fait tant de mal à un camarade ! gémit l'étudiant. Je préférerais être à ta place et partir avec les oies sauvages !

Bataki se remit à frapper au carreau, mais le garçon demeura silencieux un bon moment.

— Attends un peu, finit-il par dire à voix basse, et il se dirigea lentement vers le rebord de la fenêtre.

A ce moment-là, le soleil se leva. Les tours et les tourelles de la ville du Savoir se mirent à briller et à étinceler.

— Qu'est-ce qui te prend ? demanda le corbeau, tu es en train de rater l'occasion de redevenir un être humain.

— Je n'ai pas envie de changer, répondit Nils, je n'aurai que des ennuis avec toutes ces feuilles disparues.

— Je pourrais te les retrouver, dit Bataki.

— J'en suis persuadé, mais prouve-le d'abord ! rétorqua Nils.

Le corbeau s'envola et revint avec une feuille de papier. Pendant une heure, il ne fit qu'aller et venir en rapportant de nouvelles feuilles.

— Voilà, je crois qu'elles sont toutes là, dit-il finalement, à bout de souffle.

Il nota que l'étudiant était déjà en train de les remettre dans l'ordre et il cria à Nils :

— Je n'ai jamais rencontré quelqu'un d'aussi stupide que toi ! Tu lui as donné le livre. Il n'a plus aucune raison de te dire qu'il aimerait être à ta place !

Le garçon regardait l'étudiant qui rayonnait de bonheur et il dit au corbeau :

— Merci, Bataki. Je comprends maintenant que tu as voulu me mettre à l'épreuve. Tu pensais sans doute qu'en trouvant une solution pour moi, je laisserais Martin se débrouiller seul pendant ce pénible voyage. Mais quand j'ai entendu l'étudiant raconter son histoire, j'ai réalisé combien c'était laid de trahir un ami. Moi, je n'ai pas voulu le faire.

Bataki se gratta la tête, l'air embarrassé. Puis ils survolèrent la cathédrale et retournèrent auprès des oies.

Finduvet reconnut le paysage dès le lac Mälaren. Ses parents habitaient un îlot dans l'archipel. Elle pria les oies sauvages d'y passer afin qu'elle puisse montrer à sa famille qu'elle était encore en vie. Personne n'était plus doux ni plus délicat que la petite oie grise.

— Quand elle exprime un désir, même Akka est incapable de refuser, dit Martin.

Et en fait, ce détour n'allait retarder le voyage que d'une journée.

Ils levèrent le camp et volèrent vers l'est au-dessus du Mälaren. Plus ils avançaient, plus le lac était animé et plus les rives étaient habitées. Le garçon regardait les villas qui lui semblaient vraiment extraordinaires, lorsque Finduvet poussa un cri :

— Voilà la « ville qui nage sur l'eau » ! Stockholm ! Je la reconnais !

D'abord Nils ne vit que de la brume, mais des flèches pointues surgirent par-ci par-là. En effet la brume se dissipait petit à petit, laissant apparaître des toits, des pignons et des maisons aux nombreuses rangées de fenêtres. Nils comprit qu'il passait au-dessus d'une grande ville. Ces brouillards vivement colorés par le soleil matinal lui donnaient un air presque magique.

Quand les oies arrivèrent sur l'îlot, les parents de Finduvet furent heureux de découvrir leur fille parmi ces oiseaux inconnus. Leur accueil fut chaleureux et les oies décidèrent de rester pour la nuit.

Le lendemain matin, Nils dormait encore quand Finduvet appela :

— Poucet ! Poucet ! Martin se fait attaquer par un aigle !

Rapide comme l'éclair, Nils grimpa sur le dos de Finduvet. Ils découvrirent Martin aux prises avec un aigle royal. Il était tout ébouriffé et il saignait, mais il se battait avec courage. Nils ne pouvait rien faire seul ; il demanda à Finduvet d'aller chercher Akka et sa bande.

En entendant ce nom, l'aigle cessa immédiatement le combat et libéra Martin.

— Dites à Akka, de la part de Gorgo l'aigle royal, qu'il ne s'attendait pas à la rencontrer, elle ou quelqu'un de sa bande, aussi loin dans l'archipel.

Et il s'envola à tire-d'aile. Nils le suivit du regard, très étonné.

Cependant Akka ne voulut pas expliquer qui était Gorgo. Elle donna le signal du départ et la bande s'éleva. Brusquement une mouette piqua vers le jars, attrapa le garçon et s'enfuit, le poucet dans le bec. Une chasse furieuse à travers l'archipel s'ensuivit. Les oies étaient trop préoccupées pour remarquer qu'elles passaient au-dessus d'un bateau, dans lequel il y avait un pêcheur avec un fusil. Il visa et tira, la mouette ouvrit son bec et lâcha le garçon.

Nils Holgersson se retrouva, pieds et mains liés, au fond d'un panier en osier fermé par un couvercle. Il n'avait aucune idée de ce qui l'attendait et jugea la situation bien angoissante. Apparemment, le pêcheur se rendait à un endroit précis.

Au bout d'un moment, il s'arrêta et s'informa si le patron était là.

— Je crois que oui, répondit une voix de vieillard. Qu'apportes-tu, aujourd'hui ? Un bel oiseau de mer vivant, comme d'habitude ?

— Regarde toi-même et conseille-moi sur le prix que je peux réclamer pour ce drôle d'oiseau, dit le pêcheur en soulevant le couvercle.

Le garçon, effrayé, vit le visage barbu d'un vieillard.

— Ça alors ! Où l'as-tu pêché celui-là ? interrogea le vieux, et il fit un pas en arrière.

— Aurais-tu peur de lui ? rit le pêcheur. (Il remit le couvercle et posa le panier par terre.) Il est arrivé tout seul, droit du ciel. J'ai emporté mon fusil ce matin, quand je suis parti à la pêche. J'avais à peine quitté la rive que j'ai vu quelques oies sauvages et j'ai laissé partir un coup. Je les ai manquées, et c'est celui-ci qui est tombé. Il n'y a eu qu'à le ramasser avec le filet.

— Tu ne l'as pas touché, au moins ? s'inquiéta le vieux.

— Oh non, il est en bonne santé. D'abord il a été un peu assommé et j'en ai profité pour l'attacher afin qu'il ne se sauve pas. Je me suis dit que ça pourrait intéresser le docteur Hazelius. C'est pourquoi je l'ai amené à Skansen.

Nils avait déjà entendu parler de Skansen, le musée en plein air de Stockholm. On y avait réuni différentes choses du pays tout entier. Il y avait des fermes, des manoirs, des cabanes de charbonnier et des clochers d'église, des ustensiles de cuisine et des costumes folkloriques très variés. On pouvait aussi y voir des animaux sauvages ou domestiques tels que des élans, des ours et des phoques, des cerfs et des chevreuils, des chevaux et des vaches, des singes et des paons.

Et maintenant, ce serait lui que les gens viendraient voir comme un monstre dans un enclos, peut-être serait-il logé dans une maison de poupée ! Le garçon se retourna et remarqua un trou dans le panier. A travers ce trou, il aperçut un écureuil sur une branche.

Cela lui donna du courage. Il réussit à attraper son couteau et se mit à couper la corde qui le retenait.

— Il n’a rien dit quand tu l’as pris ? poursuivit le vieux.

— Si, il a crié quelque chose aux oiseaux et ils lui ont répondu. Ils ont fait un drôle de chahut et nous ont suivis jusqu’à la maison. J’ai eu l’idée de placer une des poupées des enfants devant la fenêtre ; les oies ont cru que c’était lui et j’ai pu partir tranquille avec mon panier. Combien crois-tu que le docteur m’en donnera ?

Nils n’entendit plus rien, car il avait réussi à se libérer et était en train de se glisser dans les buissons pour se cacher.

Le garçon n’eut aucun mal à passer le temps à Skansen. Il se fit beaucoup de nouveaux amis parmi les animaux. Comme il avait souffert du froid et du mauvais temps au cours du voyage, il se dit qu’après tout, c’était peut-être bien de s’arrêter. Il serait sans doute mort de froid s’il avait continué jusqu’en Laponie. D’ailleurs, il n’avait pas le choix. Mais Martin et les autres lui manquaient énormément.

Il faisait de plus en plus chaud et l’été s’installa pour de bon. Le sol était vert, les bouleaux et les peupliers s’étaient couverts de feuilles soyeuses et les cerisiers étaient chargés de fleurs. Les premiers fruits commençaient à se former sur les branches des arbrisseaux.

« A présent, il doit faire beau et chaud en Laponie aussi », pensa Nils avec chagrin.

Un jour en se promenant, il passa devant la volière des aigles. Faite de barres de fer et de grillage, elle était suffisamment grande pour contenir quelques arbres et un tas de pierres afin que les aigles ne soient pas trop dépaysés. Ils y étaient pourtant très malheureux. Ils restaient immobiles des heures durant. Leur beau plumage était hérissé et terne, et leur regard plein d’une nostalgie désespérée.

Nils entendit un gardien dire qu’un des trois aigles n’était là que depuis environ une semaine. Il ne bougeait pas plus que les autres, mais son plumage était encore beau et brillant. Soudain, le garçon le reconnut.

— Gorgo ! Gorgo ! appela-t-il.

L'aigle, qui sommeillait, eut à peine la force d'abaisser les yeux vers le sol.

— Qui est-ce qui m'appelle ? dit-il d'une voix fatiguée.

— Gorgo ! C'est Poucet qui voyageait avec les oies sauvages ! Tu ne me reconnais pas ?

— Akka est-elle prisonnière, elle aussi ? demanda l'aigle cherchant à rassembler ses idées, comme après un long sommeil.

— Non, je pense que toutes les oies sont en Laponie à l'heure qu'il est. Je suis le seul à avoir atterri ici. Je peux faire quelque chose pour toi, Gorgo ?

— Ne me dérange pas, Poucet ! Je rêve que je plane, libre comme l'air. Je ne veux pas me réveiller !

— Si, aigle royal, il faut que tu bouges et que tu regardes ce qui se passe, sinon tu finiras dans le même état pitoyable que les autres, le sermonna Nils.

— J'aimerais être comme eux, répondit l'aigle. Rien ne peut plus les déranger.

Le garçon s'en alla, pensif.

Quand arriva la nuit claire, un petit grattement sur le toit de la volière attira l'attention de l'aigle. Il leva la tête et vit Nils, accroché au grillage, qui était en train de limer un fil de fer.

— Je suis un grand oiseau, Poucet, lui rappela l'aigle. Comment pourrais-tu casser suffisamment de fils pour que je puisse m'échapper ? Ce n'est pas la peine de continuer.

— Dors ! dit le garçon, ne t'occupe pas de moi. Je veux essayer de te libérer avant que tu ne dépérisses complètement.

Le lendemain, l'aigle put constater que plusieurs fils avaient été limés et il se sentit déjà moins assoupi. Il sauta sur les branches en battant des ailes pour se dégourdir.

Un beau matin, lorsque la première lueur de l'aube parut dans le ciel, Poucet secoua l'aigle :

— Allez, Gorgo, essaye maintenant !

L'aigle regarda et vit un grand trou dans le grillage. Il s'élança et dut s'y reprendre plusieurs fois avant d'atteindre la liberté. Majestueux, il s'éleva et disparut. Nils, assis sur la volière, le suivit des yeux.

« Quel bonheur c'eût été d'aller avec lui, pensa-t-il avec mélancolie. Quel bonheur d'être assis sur le dos du jars et de retrouver Akka... »

Soudain l'aigle surgit du ciel et se posa à côté du garçon.

— Je voulais seulement vérifier que mes ailes étaient encore capables de voler, dit-il. Tu n'as tout de même pas cru que je t'abandonnerais ici en captivité !

Il saisit Nils entre ses grosses serres, prit son envol, et ils partirent à tire-d'aile vers le nord.

L'aigle survola toute la région d'Uppland avec Nils et ne s'arrêta qu'à Älvkarleby, sur une pierre au milieu de l'eau. Juste derrière eux se dressait le mur blanc et écumant d'une chute bouillonnante et autour d'eux, le torrent grondait.

— Maintenant je vais t'expliquer pourquoi je tiens à te ramener auprès des oies sauvages, dit Gorgo.

Et il se mit à raconter l'histoire du grand nid d'aigle perché sur la saillie d'un rocher dominant une vallée protégée. Tout au fond brillait un petit lac rond, et sur les rives, couvertes de touffes d'herbe, de bouleaux nains et d'osiers, nichaient les oies sauvages. Le nombre d'oies attrapées par les aigles n'était pas assez important pour les empêcher de rester dans la vallée et, en fait, elles avaient besoin de ces brigands qui tenaient à distance d'autres brigands, plus redoutables encore. Un soir, la vieille oie remarqua que les aigles n'avaient pas regagné leur aire. Et le lendemain, le silence matinal fut interrompu par des cris à la fois furieux et pitoyables, qui venaient du rocher. La vieille oie monta assez haut pour plonger le regard dans le nid et elle y vit un petit aiglon à moitié nu, couché parmi des os blanchis, des plumes ensanglantées et des pattes de lièvre.

— C'était toi ? Et Akka ? interrompit le garçon, curieux.

— C'est ça, oui. Je ne m'en souviens pas moi-même, mais Akka me l'a souvent raconté. Laisse-moi continuer mon histoire ! Cet aiglon était un vrai petit diable. « Apporte-moi à manger tout de suite ! hurla-t-il. Ma mère me laisse sans nourriture, c'est honteux. Qu'est-ce que tu regardes ? Tu n'entends donc pas que je veux manger ? » L'oie sauvage était persuadée que les aigles avaient été tués par des chasseurs. Si elle laissait l'oisillon mourir de faim, les oies auraient enfin la paix. Mais elle ne supportait pas l'idée de ne pas secourir un petit être abandonné. Elle s'en alla et revint avec une truite. En guise de remerciement, l'aiglon chercha à lui donner des coups de bec. « Tu ne penses pas que je vais manger ça ! dit-il. Je veux un lagopède ou un lemming. Tu as bien compris ? » Akka allongea le cou et lui pinça la nuque. « Il va falloir que tu te contentes de ce que je peux t'offrir. Ton père et ta mère ne sont plus là, mais si tu préfères mourir de faim en attendant tes lagopèdes et tes lemmings, je n'y vois pas d'inconvénient ! » Et elle s'envola. A son retour, l'oisillon avait englouti le poisson. Ce fut un dur travail de nourrir cet aiglon vorace, qui prit bientôt Akka pour sa propre mère.

Quelques semaines plus tard, Akka s'aperçut que l'époque où elle allait muer approchait, ce qui signifiait qu'elle serait incapable de voler. « Je ne pourrai plus t'apporter ta nourriture, dit-elle. Il faut que tu aies le courage de te lancer dans la vallée, si tu veux que je continue à te donner à manger. » Sans l'ombre d'une hésitation, l'aiglon se jeta dans le vide. Après quelques culbutes, il se mit à battre des ailes et réussit à atterrir indemne. Il passa tout l'été avec les oies sauvages et devint l'ami des oisons. Il voulait tout faire comme eux ; lorsqu'ils partaient à la nage, il les suivait et manquait de se noyer. Un jour cependant, il réalisa qu'il était un aigle et qu'il devait vivre comme les aigles. Akka était fière d'avoir fait de lui un oiseau doux et inoffensif, et elle ne put admettre qu'il ne veuille plus suivre ses conseils. « Tu penses peut-être que je serai l'amie d'un mangeur d'oiseaux ? siffla-t-elle. Vis comme je te l'ai appris et tu pourras venir avec nous comme avant ! » Ils étaient aussi orgueilleux l'un que l'autre, aussi aucun ne voulut-il céder. Si bien qu'Akka finit par m'interdire de l'approcher et personne n'a plus le droit de lui parler de moi, conclut Gorgo. Il ajouta : Mais jamais je n'ai fait de mal à une oie sauvage.

L'aigle et le garçon traversèrent le Gästrikland. Au sud s'étendaient une plaine presque entièrement couverte de forêts de sapins, puis une belle région aux collines boisées, aux torrents bouillonnants et aux lacs miroitants. Les communes étaient très peuplées, des routes et des chemins de fer se croisaient, des aciéries se succédaient le long des cours d'eau.

Plus au nord, il y avait d'autres forêts sombres, mais le terrain était ici très accidenté et faisait penser à une mer agitée.

« Cette région est habillée d'une jupe de sapins et d'un gilet de pierres grises, pensa le garçon. Autour de la taille, elle porte une ceinture brodée de lacs bleus et de prairies fleuries. Les aciéries y sont incrustées comme une rangée de pierres précieuses. Une ville entière avec un château, des églises et un tas de maisons forme la boucle. »

Gorgo se posa sur le sommet dénudé d'une montagne.

— Il y a du gibier dans cette forêt, dit-il, il faut que je parte à la chasse. Tu n'auras pas peur si je te quitte un moment ?

— Non, je ne crois pas, répondit Nils.

Mais il se sentit bien désemparé. Il s'assit sur une pierre et regarda autour de lui.

Visiblement, un incendie avait ravagé cette montagne : tous les arbres et toute la végétation avaient disparu du sol. Il n'y avait plus que des souches noircies entre les pierres. Le vent avait balayé une bonne partie de la terre, devenue sèche et légère comme de la cendre. C'était affreux à voir et, en plus, Nils n'y trouva pas la moindre airelle gelée à manger.

Soudain il entendit chanter, plus bas dans la forêt. Une longue procession gravissait la pente. Elle fourmillait d'enfants portant des pioches, des bêches et des paniers de provisions. C'étaient les enfants de la commune qui venaient planter des arbres. Les instituteurs les accompagnaient et les gardes forestiers fermaient la marche, traînant une charretée de plants de pin et de graines de sapin. Toute la colline était en mouvement.

Les enfants se mirent à piocher, creuser et planter partout où il y avait un coin libre. Les petits plants lieraient ce qui restait de terre et puis il se formerait d'autre terreau entre les arbres. Des graines y tomberaient et au bout de quelques années, les enfants y cueilleraient des framboises et des myrtilles. Avec le temps, les petits plants deviendraient de grands arbres.

Beaucoup de gens étaient montés sur la montagne pour regarder les enfants, mais eux aussi prirent part au travail, ce qui ne fit qu'augmenter le plaisir de chacun. Ils se dirent les uns aux autres :
— Plus tard, quand nos enfants et nos petits-enfants verront cette forêt, ils penseront que ce sont des gens sages qui leur ont laissé un si bel héritage.

Gorgo revint rassasié et content. Le lendemain, ils reprirent leur voyage vers le nord. Le Hälsingland s'étalait en dessous d'eux. Dans les petits bois, de tendres feuilles couvraient les bouleaux, une verdure jeune et fraîche colorait les prés, et le blé venait tout juste de lever dans les champs. La région était accidentée et boisée, mais traversée au centre par une vallée large et claire. Nils vit partout des gens et du bétail sortir des fermes pour s'enfoncer dans la forêt déserte qu'ils remplirent de vie. Apparemment, c'était le jour où tous les fermiers avaient l'habitude d'envoyer leurs troupeaux passer l'été dans la montagne. Du matin au soir, on entendait les chants des bergères, les mugissements des animaux et le tintement des grelots. Ils avançaient péniblement sur des sentiers serpentant parmi les marais humides, vers le fond de la forêt. On y avait déboisé une parcelle de terre pour y construire une étable et des petites cabanes grises. L'herbe qui y poussait était savoureuse et tendre.

En arrivant dans cette clairière, les vaches beuglaient gaiement et se mettaient aussitôt à brouter. Les hommes coupaient du bois et portaient de l'eau et bientôt la fumée montait des cheminées un peu partout entre les collines. Les jeunes filles commençaient la première traite des vaches.

En revanche, quand Gorgo survola le Medelpad, ils ne virent que des forêts sombres. Le garçon soupira :

— Il doit être impossible aux hommes de vivre ici.

— Pour eux, la forêt remplace les champs, répondit l'aigle.

— Il doit en falloir de la patience à celui qui veut gagner sa vie dans un champ pareil ! remarqua Nils. Chez nous, en Scanie, les champs de seigle poussent en un été ; mais ici, ça demande sûrement des années avant que l'on puisse faire la moisson.

Gorgo tenait à lui montrer comment on travaillait ici. Il atteignit un endroit où il ne restait que quelques souches et des branches coupées.

— Voici un champ qu'on a fauché l'hiver dernier, expliqua-t-il.

— En Scanie, dit Nils, la moisson ne prend que quelques jours, mais ici j'imagine qu'il faut plusieurs semaines. Les hommes doivent être drôlement forts et courageux pour faucher un champ pareil !

Plus loin, ils virent un chemin en piteux état, il était étroit et déformé, caillouteux et plein d'ornières.

— C'est par ce chemin qu'on a transporté la moisson de la forêt, expliqua l'aigle.

Ils passèrent ensuite au-dessus d'un fleuve dont la berge était jonchée de copeaux de bois et de bouts d'écorce.

— C'est ici que la moisson a été mise en meules, dit Gorgo.

Un peu plus tard, le grand fleuve Ljungan coulait dans une large vallée. Des bouleaux clairs et des trembles couvraient ses pentes. La région était riche et les maisons belles et bien construites.

— C'est ici que vivent les moissonneurs qui fauchent les champs de la forêt, cria l'aigle.

— On dirait que c'est profitable de travailler dans la forêt, répondit Nils, ce sont de vraies maisons de maître !

Gorgo tourna vers l'est et suivit le cours du magnifique Ljungan.

— Voici le fleuve qui se charge de la moisson et qui la transporte au moulin.

D'énormes masses de bois flottaient sur l'eau, mais le garçon ne vit personne s'en occuper. A son avis, il était impossible que plus de la moitié arrive à destination. Les troncs au milieu du courant y parviendraient peut-être, mais certainement pas les autres, qui butaient contre les rives ou qui restaient coincés dans les eaux mortes. Ni ceux qui se brisaient dans les chutes ou qui étaient arrêtés par des pierres et s'empilaient en d'énormes échafaudages branlants.

— Combien de temps faut-il donc à cette moisson pour aller jusqu'au moulin ? demanda-t-il.

Il vit alors un groupe de flotteurs qui maniaient leurs longues gaffes. C'étaient des gens courageux et astucieux. Ils sautaient de pierre en pierre dans les rapides et couraient sur les amas vacillants aussi facilement que sur la terre ferme. C'était fascinant et Nils s'assit à l'envers sur le dos de l'aigle pour les suivre du regard.

Petit à petit, ils s'étaient rapprochés de l'embouchure du fleuve où se trouvait une scierie, grande comme une petite ville.

— Voici le grand moulin des troncs, appelé Svartvik, dit l'aigle. Et là-bas c'est Sundsvall, la principale ferme de la région des bois flottés.

Comme cette ville était différente de celles de Scanie si grises, si tristes et si sévères ! Sundsvall reposait, jeune et rayonnante, dans une jolie baie.

Au milieu se dressaient de grandes et nombreuses constructions en pierre, que de ravissants jardins séparaient d'une couronne de petites maisons en bois.

— Quel pays merveilleux que le nôtre ! s'exclama Nils. Où que j'aille, je découvre de nouveaux moyens de subsistance pour les hommes.

Le lendemain ils franchirent la frontière d'Ångermanland et le garçon découvrit une vallée qui dépassait en beauté toutes celles qu'il avait vues jusque-là. Il eut l'impression de voir trois mondes différents. Le premier était situé tout au fond de la vallée. Les hommes y flottaient du bois et pêchaient du saumon. Il y avait des bateaux à voile et des scieries bruyantes. Un autre monde apparaissait juste au-dessus : sur un plateau étaient construits des fermes et des villages. Les paysans y semaient leur grain, le bétail y broutait et les femmes cultivaient leurs potagers. Le troisième monde était à l'étage supérieur, sur les versants boisés. Les coqs de bruyère y couvaient leurs œufs, les élans se cachaient dans les fourrés, les lynx étaient aux aguets et les écureuils filaient parmi les touffes de myrtilles en fleur.

Le garçon se sentit soudain tenaillé par la faim.
— Voilà deux jours que je n'ai rien avalé, gémit-il.

Gorgo, qui ne voulait pas que l'on dise que Nils était moins bien avec lui qu'avec les oies sauvages, lui promit :
— Tu vas avoir à manger tant que tu voudras. Il est impensable que tu souffres de la faim en compagnie d'un aigle !

Il aperçut un fermier en train de semer. L'homme gardait son grain dans un sac qu'il avait laissé au bord du champ. L'aigle descendit et le visa, mais il n'avait pas atteint le sol qu'il y eut un terrible vacarme autour de lui. Des nuées de corbeaux, de moineaux et d'hirondelles se ruèrent en criant furieusement, croyant qu'il chassait un oiseau :
— Va-t'en, brigand ! Va-t'en !

Le fermier accourut et l'aigle fut obligé de s'éloigner, poursuivi par les petits oiseaux qui s'égosillaient, entraînant hommes et femmes derrière eux pour le faire fuir.

Nils eut de la peine pour Gorgo.

Dans la cour d'une grande ferme, la fermière venait de placer une plaque pleine de petits pains, pour les faire refroidir. L'aigle vola plus bas, mais sans oser s'approcher. La fermière le remarqua et se mit à rire de bon cœur.
— Viens donc en prendre un, si tu veux, lui cria-t-elle en tendant un petit pain.

Un peu plus tard, Nils, assis en haut d'un grand arbre, savourait le délicieux petit pain. « Si je redeviens un être humain, j'irai voir la gentille fermière près du grand fleuve pour la remercier », se dit-il.

Le vent venait de l'arrière. Après avoir soufflé du nord le matin, il avait changé de direction et le voyage de Nils et de Gorgo devint calme et facile. Ils avaient l'impression de rester immobiles. Par contre, la côte du Västerbotten, tout en bas, semblait reculer. Peut-être en avait-elle assez de demeurer si haut dans le nord. Nils imagina le Västerbotten en marche vers le sud, et il éclata de rire en pensant à la réaction qu'auraient les gens.

Petit à petit, l'aigle prit de la vitesse.

— Nous entrons en Laponie, dit-il.

Nils fut déçu de n'y voir que des marais et des forêts, puis encore des forêts et des marais. La monotonie lui donna sommeil et il faillit tomber. Gorgo referma immédiatement ses serres autour de lui et cria :

— Dors, Poucet ! Le soleil me tient éveillé et je vais continuer le voyage cette nuit.

Il se lança plus haut dans le ciel et un élan les fixa, étonné. Malgré sa position inconfortable, Nils s'endormit profondément.

Quand il ouvrit les yeux, il était tout seul au fond d'une grande vallée encaissée entre les montagnes. Il se leva et regarda autour de lui : il aperçut sur la saillie d'un rocher une construction bizarre faite de branches de pin.

— Ça doit être une aire comme celle dont Gorgo...

Sans aller au bout de sa pensée, il arracha son bonnet, l'agita en l'air et se mit à sauter de joie. Gorgo l'avait déposé dans la vallée même où les oies avaient niché et au-dessus de laquelle les aigles avaient habité. Il était enfin arrivé !

Il partit doucement à la recherche de ses amis. Tout était calme. Le soleil n'avait pas dépassé le rocher et Nils Holgersson comprit qu'il était encore trop tôt pour que les oies soient réveillées.

Il inspecta la broussaille et les crevasses et il y découvrit aussi bien des oies inconnues que des membres de sa propre bande, mais il ne voulut pas les déranger. Dans un fourré, il crut voir une forme blanche et son cœur se mit à battre de joie. C'était Finduvet qui couvait des œufs, et à côté d'elle se tenait le jars blanc. Bien qu'il soit endormi, il semblait être très fier de veiller ainsi sur son épouse dans les montagnes de Laponie.

Le garçon poursuivit son chemin. Sur un monticule, il remarqua une petite boule grise. En s'approchant, il reconnut Akka de Kebnekaïse qui surveillait la vallée.

— Bonjour, mère Akka ! dit le garçon. Je suis content de vous trouver éveillée. Ne dérangez pas les autres, car je voudrais vous parler seul à seul.

La vieille oie dévala le monticule et se précipita vers le garçon. Elle le saisit du bec, le secoua, puis lui caressa le dos et se remit à le secouer. Mais elle ne prononça pas un mot afin de ne pas gêner les autres.

Nils embrassa mère Akka sur les deux joues et lui raconta comment on l'avait conduit à Skansen, comment il était tombé sur Gorgo, pitoyable et malheureux, dans la volière.

— D'abord j'ai pensé limer le grillage pour l'aider à s'échapper. Puis je me suis dit que c'était un brigand et un mangeur d'oiseaux, et j'ai décidé de le laisser là où il était. J'ai bien fait, n'est-ce pas, mère Akka ?

— Non, Nils, les aigles sont plus fiers que la plupart des animaux et ils aiment la liberté plus que quiconque, on ne doit pas les garder en captivité. Dès que tu te seras reposé, nous irons tous les deux le libérer de cette prison d'oiseaux.

— C'est bien ce que j'attendais de vous, mère Akka ! dit Nils, tout joyeux. Je vois que vous êtes quand même attachée à celui que vous avez eu tant de mal à élever. Si vous voulez remercier celui qui m'a conduit auprès de vous, je crois que vous le rencontrerez sur la saillie où un jour vous avez trouvé un aiglon abandonné.

Nils Holgersson se dit qu'il n'avait jamais connu de région aussi belle et agréable. Son seul problème était d'éviter que les nuages de moustiques ne le dévorent. Il ne voyait pas souvent le jars, entièrement occupé à protéger Finduvet. Il passa de bons moments avec Akka et Gorgo. Chacun se fit un plaisir de lui montrer les environs. Gorgo l'emmena sur le sommet enneigé de Kebnekaïse d'où il admira les glaciers qui s'étendaient en dessous de la « quille blanche ». L'aigle lui fit voir aussi d'autres montagnes très hautes où l'homme avait rarement posé le pied. Akka lui montra les cavernes où les louves élevaient leurs petits. Elle le conduisit à la grande chute Stora Sjöfallet pour saluer les ours. Un jour ils s'envolèrent pour Luossajaure, un petit lac situé dans le grand Nord. Au sud du lac s'élevait une montagne toute ronde appelée Kirunavaara, composée presque entièrement de minerai de fer. A l'opposé se dressait une autre montagne appelée Luossavaara, tout aussi riche en fer. On était en train de construire un chemin de fer, une gare et des maisons destinées aux ouvriers et aux ingénieurs qui viendraient exploiter ces mines. Partout des hommes étaient occupés à faire sauter des rochers, à monter des murs et à peindre. Il faut dire que c'était toute une petite ville qui voyait le jour.

A l'ouest du lac, le terrain était découvert. Des familles de Lapons y avaient établi leur camp. Ils s'étaient contentés de couper quelques buissons d'osier et d'égaliser un ou deux tertres pour avoir un bon emplacement. Une fois les piquets bien plantés et les toiles de leurs tentes accrochées, leur habitation était prête. L'installation intérieure n'était pas plus compliquée : sur le sol, une couche de branches de sapin recouverte de peaux de rennes, et une crémaillère attachée par des chaînes au piquet central. C'est là qu'ils pendraient leur marmite pour faire cuire la viande de renne.

A Kiruna, les colons se donnaient bien plus de mal pour terminer leurs maisons avant l'arrivée du rude hiver. Ils s'étonnaient que les Lapons, qui vivaient ici depuis des siècles, n'utilisent que de fines toiles de tente pour se protéger du froid et de la tempête. L'étonnement des Lapons était sûrement tout aussi grand en voyant les travaux importants des colons, alors que pour vivre il suffisait d'une tente et de quelques rennes.

C'était vraiment une belle région ! Nils était content de l'avoir visitée, mais il n'aurait pas voulu y demeurer indéfiniment. Akka estimait que les colons auraient mieux fait de laisser ce pays aux rennes et aux Lapons, bien entendu, et le garçon était tout à fait d'accord avec elle.

Nils estimait qu'il était grand temps que les oies sauvages retournent vers le sud. Il commençait à faire mauvais dans la vallée. La pluie, la tempête et une brume épaisse s'étaient succédé sans trêve. Quand le ciel s'éclaircissait, c'était pour céder la place à un froid glacial. Au cours de l'été, Nils avait pu se nourrir de baies et de champignons, mais à présent ils étaient gelés ou pourris. Il ne lui restait plus que du poisson cru pour survivre, ce qu'il n'appréciait pas beaucoup. Les jours étaient devenus très courts, les soirées longues et les matins terriblement lents à venir. Comment faire pour dormir aussi longtemps que le soleil était absent du ciel ?

Mais l'obscurité, le froid et le manque de nourriture n'étaient pas les seules raisons qui lui donnaient envie de quitter la Laponie. Il voulait rentrer chez lui avec Martin le jars, pour redevenir un être humain.

Un matin, le sol était blanc à perte de vue. Il est vrai que la neige fondit dans la journée, mais Akka donna le signal du départ. Les ailes des oisons avaient grandi et ils étaient maintenant prêts à voler. Trente et une oies sauvages mirent le cap vers le sud, en triangle bien régulier. Leurs plumes bruissaient et leurs ailes fouettaient l'air avec une telle force qu'on entendait à peine sa propre voix. Akka de Kebnekaïse volait en tête, suivie d'un côté de Yksi, Kaksi, Kolme et Neljä, et de l'autre de Viisi, Kuusi, Finduvet et Martin avec Nils sur son dos. Les vingt-deux oisons venaient derrière.

Les petits, qui n'avaient jamais fait de grand voyage, avaient du mal à suivre et ils étaient malheureux.
— Akka, Akka, Akka, se plaignirent-ils, nos ailes sont fatiguées !

— Plus vous avancerez, mieux ça ira, répondit Akka en poursuivant comme avant.

Elle avait raison. Au bout de quelques heures, les oisons ne se plaignirent plus de la fatigue. En Laponie, ils avaient pris l'habitude de manger toute la journée et bientôt ils commencèrent à avoir faim.

— Akka ! Nous sommes affamés !

— Une oie sauvage doit savoir manger de l'air et boire du vent ! répondit la vieille oie.

Apparemment, ils apprirent à se nourrir d'air et de vent, car très vite ils ne se plaignirent plus de la faim. La vieille oie annonça le nom de tous les sommets de montagne qu'ils dépassaient afin que les oisons les retiennent.

— Porsotjokko ! Sarjektjokko ! Sulitelma !

— Akka ! Akka ! Il n'y a pas de place dans nos têtes pour tant de noms ! crièrent les petits.

— Plus on met de choses dans une tête, plus elle peut en contenir ! répondit Akka en continuant à réciter des noms étranges.

Le garçon fut heureux quand il aperçut la première forêt de sapins, la première cabane grise, la première chèvre, le premier chat, et il agita son bonnet en criant de joie.

Les ours de Tännforsen dirent à leurs petits :

— Regardez celles-là qui ont peur d'un peu de froid et qui n'osent passer l'hiver chez elles !

Mais les oies répliquèrent :

— Regardez ceux-là qui préfèrent dormir tout l'hiver plutôt que de faire l'effort d'aller vers le sud !

Sans cesse elles rencontraient les oiseaux migrateurs, en groupes beaucoup plus nombreux qu'au printemps.

— Où allez-vous, oies sauvages ? demandaient-ils.

— A l'étranger comme vous, répondaient les oies.

Les Lapons et les rennes quittaient eux aussi les montagnes. Nils vit tout un cortège descendre, un Lapon ouvrait la marche, suivi du troupeau, les grands mâles en tête, puis les rennes de bât et enfin une dizaine de personnes qui fermaient le cortège.

En les voyant, les oies crièrent :

— Merci pour cet été !

— Bon voyage ! Revenez nous voir l'année prochaine ! répondirent les rennes.

Les oies avaient à peine fait leur entrée dans le Jämtland que des masses de brouillard les enveloppèrent et leur bouchèrent la visibilité. Le garçon n'arriva plus à s'orienter.

Le soir, elles se posèrent sur une colline verdoyante où tout ruisselait d'humidité. Des gouttes pendaient au bout de chaque brin d'herbe et au moindre mouvement, Nils recevait une bonne douche.

Il entrevit une construction si haute que son sommet se perdait dans la brume et il en conclut qu'il s'agissait d'une tour avec un belvédère. Comme il pensait y trouver un endroit sec, il demanda à Martin de l'y emmener et de revenir le chercher le lendemain. Mais à son réveil, les oies avaient disparu. Personne ne répondit à ses appels.

Nils fut désespéré. Une fois de plus, il était séparé du jars. Il ne pouvait plus le protéger.

Tout à coup, Bataki surgit à côté de lui. Nils n'aurait jamais cru qu'il reverrait le corbeau avec autant de plaisir.
— Akka m'envoie te dire qu'elle a aperçu des chasseurs dans la montagne et qu'elle a préféré partir. Je vais te ramener auprès de tes amis.

Bataki volait au-dessus des nuages, en plein soleil. Nulle part ils ne virent les oies sauvages, mais le corbeau ne sembla pas s'en soucier.
— Ne t'inquiète pas, je les retrouverai, dit-il.

Quand les brumes furent dissipées, il descendit dans un champ de chaume, juste à côté d'une vieille ferme, afin que Nils ramasse quelques grains à manger. Ensuite il se percha sur la branche d'un arbre, en haut d'une colline.
— Sais-tu pourquoi il y a ce monticule, là-bas ? demanda Bataki. C'est un tombeau qu'on a élevé pour l'homme qui fut le premier à s'installer dans le Härjedalen.
— Raconte-moi son histoire, dit Nils tout en grignotant une graine.
— Je ne sais pas grand-chose sur lui, répondit Bataki, mais je sais qu'il était norvégien et qu'il s'appelait Härjulf. Il s'était disputé avec le roi de Norvège et il dut quitter le pays. Il se rendit près du roi de Suède à Uppsala et entra à son service. Il demanda en mariage la sœur du roi, mais comme celui-ci la lui refusa, il s'enfuit avec sa fiancée. Il ne pouvait s'établir ni en Norvège ni en Suède et il ne voulait pas partir à l'étranger. Pour chercher une solution, il décida de se rendre avec sa femme et ses serviteurs dans les grandes forêts désertes au nord de la Dalécarlie. Il y défricha la terre et construisit une maison. Il devint ainsi le premier habitant de cette partie du pays.

Le corbeau se tut et eut soudain l'air préoccupé. Finalement, il dit :
— Puisque nous sommes seuls, je voudrais te poser une question. Connais-tu réellement la condition imposée par le lutin pour te permettre de redevenir un être humain ?

— Tout ce que je sais, c'est que je dois ramener le jars sain et sauf, répondit Nils, étonné.
— C'est bien ce que je craignais, dit Bataki. La dernière fois que je t'ai vu, tu m'as dit que tu estimais très laid de trahir un ami. C'est pourquoi je veux que tu n'ignores rien de cette condition. Akka tient sans doute plus à toi qu'à Martin, mais je pense que tu me seras reconnaissant de te répéter les paroles du lutin. Voilà : tu redeviendras un être humain si tu ramènes le jars pour que ta mère puisse le tuer !

Nils se leva d'un bond.
— C'est une méchanceté que tu as inventée !
— Tu n'as qu'à demander à Akka, répondit le corbeau. Tiens, voilà les oies. Mais Poucet, n'oublie pas qu'il y a toujours une solution à tous les problèmes, il suffit de la trouver ! Je serais curieux de voir comment tu t'en sortiras.

Akka ne put nier que Bataki avait dit la vérité.
— N'en parle pas à Martin, le pria Nils. Il est si courageux et si généreux ! Il est capable d'agir sans réfléchir s'il apprend les exigences du lutin.

Le garçon reprit sa place sur le dos du jars, mais il demeura silencieux, la tête baissée, sans s'intéresser à la région qu'ils survolaient, la Dalécarlie.

« Je voyagerai probablement toute ma vie avec les oies, se dit-il, et j'aurai bien le temps de visiter ce pays ! »

Les oies annoncèrent qu'on était maintenant dans le Värmland et que le grand fleuve qu'on suivait s'appelait Klarälven. Pour Nils, cela ne changea rien.
— J'ai déjà vu suffisamment de fleuves et de forêts ! grommela-t-il.

La nuit commençait à tomber et la lune s'était levée, ronde et brillante, quand les oies atteignirent le Fryken, un joli lac tout en longueur. Elles atterrirent en haut d'une colline et Nils se mit immédiatement en quête de quelque chose à manger. Il arriva sur une route et vit, en face de lui, une allée de bouleaux qui menait à un petit manoir. Le corps de logis était entouré de maisons rouges et basses et derrière, il y avait un jardin touffu. Nils y pénétra et découvrit tant de fruits merveilleux qu'il ne savait plus où donner de la tête : il y avait des cassis, des groseilles, des framboises et au milieu d'une petite allée brillait une grosse pomme rouge !

Il s'assit sur le gravier et en coupa de petits morceaux avec son couteau.

« Ça ne poserait pas de problème d'être lutin si l'on mangeait aussi bien tous les jours, pensa-t-il. La meilleure solution serait peut-être que je reste ici. Je ne sais pas comment expliquer à Martin que je ne peux plus rentrer chez moi. Il vaudrait mieux qu'on se sépare... »

Une chouette se posa à côté de lui.

— Ça fait plaisir de rencontrer enfin un être vivant, dit le garçon. Peut-être pourriez-vous, madame la Chouette, me dire le nom de cette maison ?

— Elle s'appelle Mårbacka. Quant à toi, tu es bien appétissant ! dit-elle, et elle planta ses griffes dans l'épaule de Nils, en essayant de lui crever les yeux avec son bec.

Le garçon comprit qu'il était en danger et il appela au secours de toutes ses forces. Il entendit des pas boitillants derrière lui, la chouette lâcha prise et se réfugia en haut d'un arbre. Il vit une vieille dame la menacer de sa canne.

— Merci de m'avoir aidé, cria Nils à la vieille dame qui avait l'air tellement étonné qu'il poursuivit : Je suis un être humain comme vous, mais on m'a transformé en lutin.

— Voilà l'histoire la plus extraordinaire que j'aie jamais entendue ! dit-elle. Comment cela t'est-il arrivé ?

Le garçon lui raconta toutes ses aventures, et au fur et à mesure qu'il avançait dans son récit, la dame était de plus en plus surprise et émerveillée.

— Quelle chance de rencontrer quelqu'un qui a traversé tout le pays sur le dos d'une oie ! Je suis née ici à Mårbacka et ce que j'aime le plus, c'est écrire des histoires et des contes. J'avais envie de retracer l'histoire de la Suède à l'intention de tous les écoliers, mais pour qu'on puisse utiliser un livre à l'école, il faut qu'il soit instructif et véridique. C'était tellement difficile que j'ai failli abandonner mon projet. Cependant, ce que tu viens de me rapporter, je vais pouvoir l'écrire dans ce livre. Tu m'as bien aidée !

Les oies quittèrent la vallée de Fryksdalen et poursuivirent leur traversée du Värmland en survolant ses grands lacs bleus bordés de rives jaunes et ses magnifiques forêts qui éclataient de toutes les couleurs de l'automne. Le garçon était content d'avoir parlé avec un être humain. La vieille dame lui avait donné un peu d'espoir et de courage et ce fut sans doute grâce à elle qu'il sut comment empêcher le jars de retourner à la maison.

— Regarde, Martin, comme c'est beau, dit-il, je me demande si nous ne devrions pas accompagner les oies à l'étranger. Ce serait dommage de ne pas saisir l'occasion de découvrir un peu plus notre terre.

— Tu n'es pas sérieux ! fit le jars, effrayé.

Maintenant qu'il avait prouvé qu'il était capable d'aller en Laponie, il ne demandait pas mieux que de réintégrer son coin dans l'écurie du fermier Holger Nilsson.

— Mais Poucet, je croyais que tu voulais montrer à tes parents quel gentil garçon tu es devenu ! continua-t-il.

Tout l'été, il avait rêvé du moment où il présenterait Finduvet et ses petits aux autres animaux et à la fermière. Aussi la proposition de Nils ne le tentait guère.

Les oies traversèrent la partie occidentale du Dalsland, plus magnifique encore que le Värmland. Il y avait tant de lacs que la terre formait comme des bandes étroites et élevées entre eux. Les rives escarpées étaient de véritables parcs aux trembles rouge vif, aux bouleaux blancs et jaunes, et aux sorbiers orangés.

Le soleil du soir lançait des rayons d'or sur les eaux sombres.

— Ne regretteras-tu pas de ne plus voir de si belles choses ?

— Je préfère les champs gras de notre plaine de Scanie, siffla Martin.

— Regarde, mais regarde, Martin ! cria Nils de nouveau. As-tu déjà vu ça ?

Au-dessus de la route, un bateau glissait dans un canal qu'enjambait un chemin de fer. Un pont surplombait le tout et permettait aux gens d'admirer ce spectacle.

— C'est l'aqueduc de Håved, l'informèrent les oies. Et en bas, c'est le canal du Dalsland.

— Tu ne verras jamais ça en Scanie ! conclut Nils.

— Bon, dit Martin, si tu tiens absolument à continuer ce voyage, j'irai avec toi.

— C'est bien la réponse que j'attendais, dit le garçon, et sa voix trahissait un grand soulagement.

Lorsque les oies entrèrent dans le Bohuslän, Nils remarqua que les vallées n'étaient plus que d'étroites crevasses entre les collines ininterrompues, abritant tout au fond des lacs noirs et brillants. Le garçon guettait cette ligne brillante qui grandit et s'élargit. Finalement la mer s'étendit devant eux, blanche et laiteuse avec des reflets roses et bleus. L'énorme soleil rouge était sur le point de plonger dans les flots.

En considérant la mer infinie et le doux soleil du soir, le garçon se sentit envahi par un sentiment de paix et de sécurité.

— Pourquoi avoir de la peine, Nils Holgersson ? lui dit le soleil, le monde est merveilleux pour les petits comme pour les grands. C'est tellement bon d'être libre, sans soucis, et d'avoir tout l'espace devant soi.

Nils trouva que le Bohuslän ressemblait à un grand et large mur de pierre qui aurait eu un peu d'herbe tendre dans les fentes. Le mur s'était écroulé par-ci par-là, permettant à la mer de s'introduire dans les fjords profonds. Mais par chance un archipel entourait cet ensemble, amortissant les attaques les plus violentes de la mer et du vent.

« Les conditions de vie des habitants de Bohuslän sont très différentes de celles des Scaniens, se dit Nils. Ces gens-là ont à leur disposition des routes qu'ils n'ont pas besoin de construire ni de réparer, ils ramènent des troupeaux qu'ils n'ont pas besoin de surveiller ni de soigner, leurs véhicules sont tirés par des bêtes qui n'ont pas besoin de nourriture ni d'écurie. Ils peuvent s'installer là où il n'y a même pas la place à un champ de pommes de terre, car cette mer vaste et riche leur fournit tout ce qu'il leur faut. »

Mais la mer sait aussi être capricieuse. Celui qui veut en tirer quelque chose doit être compétent dans bien des domaines, il doit avoir le courage de risquer constamment sa vie pour lutter contre elle.

Le lendemain matin, les oies et Nils distinguèrent les petits ports de pêche, avec leurs maisons joliment peintes, encore endormis. Les filets marron étaient suspendus pour sécher. Les bateaux, bleus et verts, étaient au repos et se balançaient au gré des vagues. Les étals de poissons étaient vides, les cabines des pilotes fermées. Soudain, une nuée de mouettes s'élança vers le sud et les cormorans les suivirent d'un vol lourd. Le garçon vit des dauphins fendre l'eau telles de grandes bobines noires. Un groupe de phoques se laissa glisser d'un rocher pour aller vers le sud comme les autres. Des gens se bousculèrent partout sur les rochers plats et glissants, on prépara les bateaux de pêche et on y installa avec prudence les sennes sèches. Les bassins se remplirent de voiles marron et grises.

— Qu'y a-t-il ? demandèrent les oisons.

Un canard répondit en passant :

— Le hareng est arrivé à Marstrand.

Les oies sauvages atteignirent le grand fjord au moment où les bancs de harengs revenaient de l'ouest. C'est à l'endroit où l'eau était sombre et ridée que les harengs s'étaient arrêtés. Les pêcheurs le savaient et c'est là qu'ils posèrent leurs sennes. Ils les mirent en cercle en resserrant le fond de manière à ce que les harengs soient pris dans un véritable sac. Puis, en tirant et en serrant, ils remontèrent leur prise argentée des profondeurs de la mer.

Les hommes étaient recouverts d'écailles brillantes, du suroît jusqu'au bas de leur ciré jaune, et ils avaient des harengs jusqu'aux genoux. A terre, les gens étaient excités à la vue de cet argent puisé des flots. Les oies firent plusieurs fois le tour pour permettre à Nils de tout regarder.

Il remarqua qu'il y avait de plus en plus de bateaux en mer et qu'ils semblaient venir d'un endroit précis.

— Là-bas, c'est Göteborg, cria Akka.

Les oies volaient haut, mais Nils put quand même constater qu'il s'agissait d'une ville de commerce très riche. Jamais auparavant il n'avait vu autant de joyeuses toitures de brique rouge et de cuivre vert-de-grisé. A travers les parcs verdoyants zigzaguaient des canaux bleus qui menaient au vaste port situé à l'embouchure du fleuve Göta Älv. Des centaines de navires étaient amarrés le long des quais. Ils partiraient bientôt vers toutes les mers de la terre, vers l'étranger, comme Nils Holgersson.

Les oies passèrent par le Västergötland et s'abattirent dans une grande plaine du côté de Falköping. Elles y firent escale et connurent de bons moments en compagnie d'autres bandes d'oies sauvages. Mais Nils ne ressentait pas la même joie que les autres. Il aurait préféré avoir dépassé la Scanie et être déjà à l'étranger.

« Comme ça, au moins, je n'aurais plus rien à espérer... », se dit-il.

Au bout de quelques semaines, les oies prirent enfin leur départ et franchirent l'arête de Halland pour entrer en Scanie. Le garçon se pencha en avant sur le dos du jars et ne détacha pas les yeux du sol. En voyant la plaine s'étendre à perte de vue, il fut à la fois joyeux et anxieux.

« Je ne dois plus être très loin de chez moi maintenant », songea-t-il. Et quand il aperçut les premiers saules et les premières maisons à colombages, le mal du pays le reprit.

Akka alla rejoindre Nils pendant que les autres faisaient la sieste, afin de le tenir au courant de ses projets.

— Le temps est calme et je pense que demain nous pourrons traverser la Baltique.

— Bon, dit-il seulement tant sa gorge se serrait.

Peut-être avait-il espéré, malgré tout, être délivré de l'ensorcellement.

— Nous sommes assez près de Västra Vemmenhög, reprit Akka. Tu as sûrement envie de faire une petite visite chez toi.

— Il vaut sans doute mieux que je n'y aille pas, répondit Nils, mais le ton de sa voix disait combien la proposition lui faisait plaisir.

— Si le jars reste avec nous, il ne court aucun danger, poursuivit Akka. Va voir comment ils se portent chez toi. Il est possible que tu puisses les aider, malgré ta petite taille.

— Oui, vous avez raison, mère Akka, j'aurais dû y penser avant, dit-il avec enthousiasme.

Ils partirent aussitôt et peu de temps après, Akka se posa derrière le mur en pierre qui entourait la ferme de Holger Nilsson. Nils y grimpa vite et constata :

— C'est étonnant. Rien n'a changé. Il me semble que c'est hier que je vous ai vues pour la première fois.

— Ton père possède-t-il un fusil ? demanda Akka, inquiète.

— Oui, dit Nils, c'est même à cause du fusil que je n'ai pas voulu aller à l'église ce dimanche-là.

— Alors je n'ose pas t'attendre ici. Tu viendras nous rejoindre au cap de Smygehuk demain matin.

— Oh non ! ne partez pas déjà, mère Akka !

Le garçon eut le sentiment que quelque chose allait se produire, qui les séparerait à jamais.

— Vous voyez bien que je suis triste à cause de ma taille, dit-il, mais ne croyez surtout pas que je regrette d'être parti avec vous. Je préférerais rester lutin plutôt que de n'avoir pas fait ce voyage merveilleux.

Akka respira profondément avant de répondre :

— On dirait que tu penses que nous ne nous reverrons jamais, mais on se retrouvera demain, n'est-ce pas ?

Elle caressa Poucet du bec et s'envola.

A la ferme, tout était silencieux et apparemment sans vie. Nils courut vers l'étable ; les vaches sauraient le renseigner. Roussette y était seule et elle gardait la tête tristement baissée, même lorsque Nils entra dans son box.

— Bonjour, Roussette. Comment vont mes parents et tout le monde ici à la ferme ?

Roussette sursauta et menaça Nils de ses cornes, puis elle se ressaisit et se donna le temps de l'examiner. Mais oui, il était toujours aussi petit et vêtu de la même manière qu'en partant. Pourtant il était différent. Il était léger et alerte, ce n'était plus un lourdaud comme avant. Ses yeux brillaient et son allure était fière. Roussette fut ravie de le voir ainsi.

— Meuh ! mugit-elle. Sois le bienvenu à la maison. On m'avait dit que tu avais changé, mais je n'ai pas voulu le croire. Tes parents n'ont eu que des ennuis depuis ton départ. Le pire, c'est ce qui est arrivé au nouveau cheval. Il souffre d'un mal que personne ne comprend. Il ne peut pas travailler et on ne peut pas le vendre. C'est à cause de lui que tes parents ont dû se séparer de Blanchette et de Marguerite.

— Ma mère a dû avoir de la peine quand Martin s'est envolé, dit Nils.

— Oui, mais c'est surtout parce qu'elle croit que c'est toi qui l'as emporté. Il faut pourtant que tu saches, Nils, qu'elle te regrette avec une douleur immense, comme quelqu'un qui a perdu ce qu'il a de plus cher au monde.

Dans l'écurie, Nils découvrit un magnifique cheval. On avait du mal à croire qu'il n'était pas bien portant.

— Je me suis seulement enfoncé un clou dans le pied, expliqua-t-il, et ça pique tellement que je ne peux pas marcher. Le vétérinaire n'a pas réussi à le localiser et si tu veux m'aider, je serai bien content. J'ai honte de manger sans travailler.

— Heureusement que tu n'as pas de vraie maladie ! s'écria Nils. Je vais m'arranger pour que tu guérisses. Tu permets que je fasse quelques marques sur ton sabot avec mon petit couteau ?

A peine avait-il terminé, qu'il entendit la voix de ses parents dans la cour. Ils paraissaient très inquiets.

— Si je ne parviens pas à guérir le cheval très vite, dit le père, il faudra peut-être vendre la ferme.

— Je ne m'y opposerais pas s'il n'y avait pas le garçon, soupira la mère. Que fera-t-il s'il revient un jour, pauvre et malheureux, et que nous ne sommes plus là ? Si seulement il était de nouveau avec nous, je ne demanderais plus rien.

— Oui, je l'admets, dit le père.

Il pénétra dans l'écurie et Nils dut se cacher rapidement dans un coin. Une fois de plus, il souleva le pied du cheval pour essayer de comprendre pourquoi il avait mal.

— Qu'est-ce que c'est ? s'écria-t-il. (Il y a quelque chose de marqué sur le sabot : « Enlevez le fer du pied »)... Mais oui, il me semble bien qu'il y a là quelque chose de pointu !

Pendant que le père s'occupait du cheval et que le garçon restait dissimulé dans son coin, une visite se présenta à la ferme. C'était Martin, qui n'avait pu résister au plaisir de montrer à sa famille combien sa vie de jars domestique avait été confortable. Avec fierté, il lui fit faire le tour de la cour. La porte de l'écurie étant entrouverte, il entra, suivi de Finduvet et de leurs six oisons.

— Tenez, voici mon coin ! dit-il, il n'y a pas de danger. Regardez, il y a de l'avoine dans l'auge !

Les oisons venaient juste d'avancer jusqu'à l'auge lorsque la porte se referma en claquant : la fermière poussa le verrou.

— Viens voir ! dit-elle au père. Le jars est dans le box avec sept oies sauvages !

— Et moi, j'ai découvert ce qui blessait le cheval, dit le père. Je crois que la chance a tourné. Mais surtout, nous savons maintenant que ce n'est pas Nils qui a volé le jars.

— En effet, dit la mère, mais il faudra les tuer ce soir si nous voulons les vendre en ville demain. Dans quelques jours, c'est la Saint-Martin. Aide-moi à les porter dans la cuisine.

Quelques instants plus tard, Nils vit son père se diriger vers la maison avec Finduvet sous un bras et Martin sous l'autre.

— Poucet ! Au secours ! cria le jars, comme toujours lorsqu'il était en danger.

Pourtant cette fois, il ignorait que Nils était juste à côté.

Nils, derrière la porte de l'écurie, l'entendit, c'est vrai. Cependant il ne bougea pas. S'il hésita, ce n'est pas parce que c'était bon pour lui que Martin soit tué — il ne pensait même pas à la condition posée par le lutin —, mais parce qu'il ne voulait pas apparaître dans cet état devant ses parents. Il estimait qu'ils avaient déjà suffisamment de problèmes. Pourquoi leur infliger un tel chagrin ?

Néanmoins, une fois la porte de la maison fermée, Nils récupéra toute son énergie. Il courut à travers la cour, sauta en haut de l'escalier et se précipita dans l'entrée. Par habitude, il quitta ses sabots avant de franchir le seuil, mais au moment de frapper, il s'immobilisa, se demandant s'il devait réellement se montrer à ses parents, transformé en lutin.

« N'oublie pas qu'il s'agit de Martin, ton meilleur ami depuis ton départ de la maison », se dit-il.

Il revit tout ce qu'ils avaient vécu ensemble sur les lacs gelés, sur la mer agitée par la tempête et parmi les animaux sauvages. Son cœur se gonfla d'affection et de reconnaissance, il surmonta ses craintes et ouvrit la porte.

En voyant le jars étendu sur le billot, il cria :

— Mère, il ne faut pas toucher au jars !

Martin et Finduvet poussèrent des cris de joie, et ils ne furent pas les seuls ! La mère s'exclama en lâchant l'oie :

— Comme tu as grandi et comme tu es beau !

Le garçon hésita encore sur le seuil.

— Tu es revenu, Dieu soit loué ! reprit la mère. Entre donc !

— Bienvenu, petit ! ajouta le père, incapable d'en dire plus.

Mais Nils ne bougeait toujours pas. Leur joie de le voir dans cet état lui parut incompréhensible. Sa mère le serra dans ses bras et le conduisit dans la pièce. Ce n'est qu'alors qu'il comprit :

— Mère, père, je suis grand de nouveau, je suis redevenu un être humain !

Le lendemain à l'aube, Nils Holgersson descendit seul à la plage, à l'est du port de pêche de Smygehuk. Il avait essayé de réveiller Martin, mais en vain. Sans un mot, celui-ci avait mis sa tête sous son aile et s'était rendormi.

Nils était encore dans une sorte de demi-rêve. Tantôt il se sentait lutin, tantôt être humain.

La journée s'annonçait belle et claire. Les oies auraient une traversée agréable et il en fut très heureux. Des bandes d'oiseaux se succédaient sans cesse dans le ciel en lançant leurs appels. Nils eut un petit sourire en pensant qu'il était seul à les comprendre.

« J'espère que ce ne sont pas mes oies qui partent sans me dire au revoir », se dit-il en s'installant sur la grève pour qu'elles le voient mieux.

Une bande cria plus fort et vola plus vite que les autres. Elle ralentit son vol et tournoya comme si elle cherchait quelqu'un. C'étaient ses amies. Mais alors, pourquoi ne descendaient-elles pas ? Nils entendit Akka appeler, mais il ne saisit pas ce qu'elle disait.

Que se passait-il ? Les oies auraient-elles changé de langage ?

Il essaya de lancer un appel, mais sa langue ne voulut pas obéir. Il ne parvint pas à reproduire la note juste. Il agita son bonnet et courut le long de la grève en criant, mais elles parurent avoir peur et s'éloignèrent de la côte. Finalement, il comprit. Elles ne l'avaient pas reconnu. Elles ignoraient qu'il était à nouveau un être humain. Il ne pouvait les appeler, car les hommes ne connaissent pas le langage des oiseaux.

Soudain il entendit un bruissement d'ailes. Akka n'avait pu se résoudre à quitter Poucet et elle avait rebroussé chemin. Comme le garçon restait immobile, elle osa s'approcher. Quelque chose lui avait ouvert les yeux et elle l'avait reconnu. Elle se posa sur le sable à côté de lui.

Le garçon poussa un cri de joie et serra la vieille Akka dans ses bras. Les autres oies étaient là, elles aussi. Elles se bousculèrent autour de lui et le caressèrent du bec. Elles bavardaient et le félicitaient. Nils les remercia du merveilleux voyage qu'il avait fait avec elles.

Mais comme il parlait, les oies se turent brusquement et s'écartèrent de lui. Elles semblaient penser : «Hélas, il est redevenu un être humain. Il ne nous comprend pas et nous ne le comprenons pas non plus ! »

Alors Nils se leva, il embrassa Akka et lui caressa le cou, puis il remonta la grève pour rentrer chez lui. Il savait que le chagrin des oiseaux ne dure jamais longtemps, et il voulait se séparer de ses amies pendant qu'elles étaient encore tristes de le perdre.

En haut de la dune, il se retourna pour contempler les oiseaux qui traversaient la mer en lançant leurs appels.

Une seule bande volait en silence. Il la suivit des yeux jusqu'à ce qu'il la perde de vue. Elle formait un triangle parfait et ordonné, la vitesse était bonne, les battements d'ailes réguliers et vigoureux. Le garçon ressentit une telle nostalgie en la voyant s'éloigner, qu'il eût presque souhaité redevenir le poucet qui pouvait voyager au-dessus de la mer et de la terre, en compagnie d'une bande d'oies sauvages.

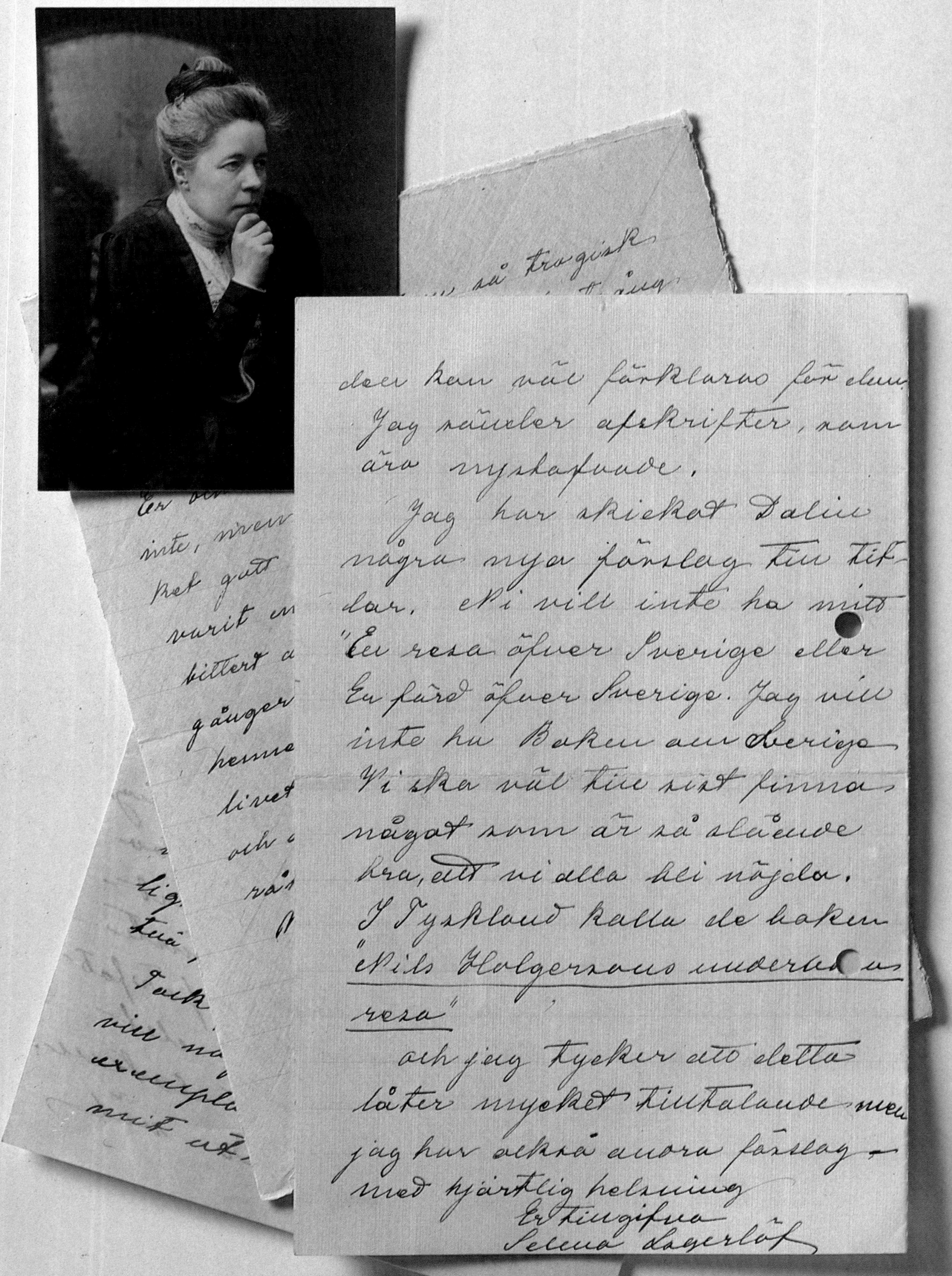
den kan väl förklaras för dem.
Jag sänder afskrifter, som
äro nyskafvade.
Jag har skickat Dalin
några nya förslag till tit-
lar. Vi vill inte ha mitt
"En resa öfver Sverige eller
En färd öfver Sverige. Jag vill
inte ha Boken om Sverige.
Vi ska väl till sist finna
något som är så slående
bra, att vi alla bli nöjda.
I Tyskland kalla de boken
"Nils Holgerssons underbara
resa"
och jag tycker att detta
låter mycket tilltalande men
jag har också andra förslag —
med hjärtlig helsning
Er tillgifna
Selma Lagerlöf

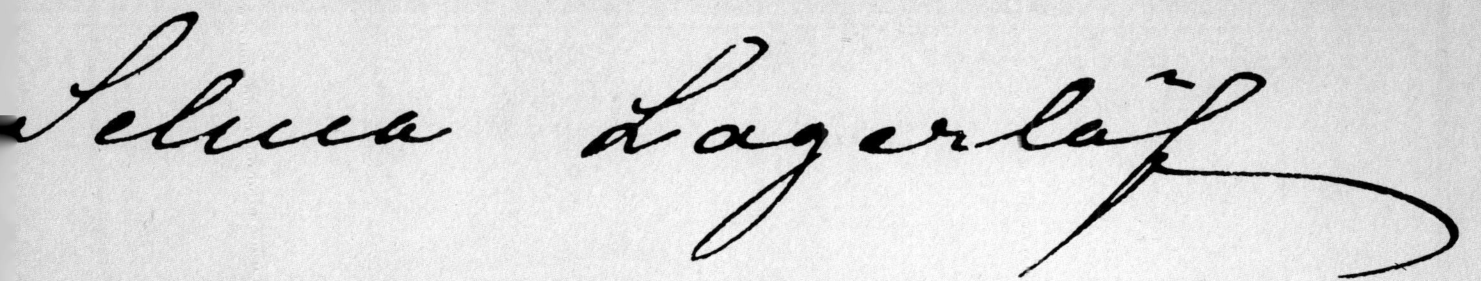

Selma Lagerlöf est née en 1858 à Mårbacka (Suède). Après des études à Stockholm, elle est institutrice à Landskrona quand la revue *Idun* ouvre un concours. Son envoi, *La Saga de Gösta Berling,* est primé (1890-91). Dès lors, elle ne cesse plus d'écrire. Elle quitte l'enseignement en 1895 et voyage en Italie et au Levant grâce à une bourse royale. Lauréate du Prix Nobel (1909), membre de l'Académie de Suède (1914), devenue un des grands noms de la littérature suédoise, Selma Lagerlöf meurt en 1940 à Mårbacka.

Selma Lagerlöf est déjà célèbre lorsqu'en 1901, des instituteurs s'adressèrent à elle pour lui demander de participer à la rédaction d'un livre de lecture destiné aux enfants de l'école primaire. Son premier roman, *La Saga de Gösta Berling,* témoignait déjà de son talent de conteur. Elle avait grandi dans une ambiance de contes et de légendes et elle gardait en elle cette langue vive et colorée qui, plus tard, se manifesta dans sa propre écriture. Un comité avait été nommé, et il existait déjà un projet très précis sur le contenu du livre. Selma Lagerlöf accepta après quelque hésitation, mais décida de prendre tout en main. Au lieu d'écrire de petites histoires isolées et des textes rimés, elle souhaitait que le livre soit constitué par un seul récit. Elle imaginait un conte, un vrai conte de fées fascinant et captivant qui parlerait cependant de la géographie de la Suède et révélerait aux enfants la beauté de leur pays et de son peuple.

Selma Lagerlöf entreprit de nombreux voyages, chercha des renseignements dans les livres de géographie et de zoologie et reçut les avis de nombreux spécialistes. Dès son plus jeune âge, elle avait été une lectrice acharnée et la littérature mondiale constituait pour elle une source, où elle puisait des trésors que l'on retrouve dans son œuvre. Les *Histoires comme ça,* de Rudyard Kipling, lui donnèrent l'idée d'utiliser des animaux qui parlent et réfléchissent comme des hommes, mais dont le comportement naturel est respecté. A travers eux, Selma Lagerlöf décrivit les lieux et les différents événements. Comment avoir une meilleure vue d'ensemble de la Suède qu'en survolant le pays sur le dos d'un oiseau ?

De nombreux enseignants et experts lurent le manuscrit et firent des commentaires dans la marge. La plupart de ces remarques irritèrent Selma Lagerlöf, mais elle fit cependant de nombreuses corrections, tant elle était exigeante, quant à la précision et à l'exactitude des données. La relecture fut un travail laborieux, sans doute, parce que trop de personnes tenaient à s'en mêler.

Le premier tome, qui relate le voyage de Nils Holgersson à travers les cinq départements méridionaux, parut en 1906 ; le deuxième suivit l'année d'après. L'accueil des critiques fut excellent et une seconde édition, cette fois en un seul tome, est rapidement publiée. Le livre a été traduit en plus de trente langues, et il est lu dans le monde entier. Chaque année de nouvelles éditions paraissent.

Le cinquantième anniversaire de Nils Holgersson en 1956 fut célébré notamment par son adaptation à l'écran et par la publication d'un livre richement illustré de photos en couleurs tirées du film. Le texte, une version raccourcie de l'œuvre de Selma Lagerlöf, fut adapté par l'écrivain Tage Aurell et son épouse Kathrine. Ils centrèrent l'histoire sur le voyage à dos d'oie, et surtout sur le personnage de Nils, réduisant les apartés et les petits contes parallèles. Pour la présente édition, il a paru naturel d'utiliser cette habile adaptation du texte de Tage Aurell, en y apportant cependant quelques modifications.

Aujourd'hui, l'histoire de Nils Holgersson n'est plus utilisée comme livre de lecture dans les écoles suédoises, mais sa valeur et son intérêt n'ont pas diminué pour autant. L'engagement de Selma Lagerlöf et la force de son sentiment face à la richesse de la nature gardent toute leur actualité à une époque où la protection et le respect de l'environnement sont devenus une préoccupation essentielle. Le style narratif haut en couleur où les détails foisonnent, la langue intense et captivante réveillent l'imagination.

Reproduire le voyage de Nils Holgersson en images est sans doute une tâche passionnante pour un illustrateur qui aime les animaux et la nature. Les illustrations délicates et sensibles de Lars Klinting, aussi éclatantes de lumière, d'espace et de mouvement que le conte de Selma Lagerlöf, permettront aux nouvelles générations d'enfants d'accompagner Nils Holgersson dans ses aventures et leur donneront, nous l'espérons, l'envie de poursuivre la lecture du récit du merveilleux voyage.

D'après Rebecca Alsberg

Norvège
Danemark
HÄRJEDALEN
DALÉCARLIE
VÄRMLAND
BOHUSLÄN
DALSLAND
GASTRIKLAND
VÄSTMANLAND
NÄRKE
VÄSTERGÖTLAND
UPPLAND
HALLAND
SÖDERMANLAND
SMÅLAND
SCANIE
BLEKINGE
ÖLAND
GOTLAND